鲍鹏山 著

鲍鹏山讲《诗经》

中国出版集团 东方出版中心

图书在版编目（CIP）数据

鲍鹏山讲《诗经》/ 鲍鹏山著. －上海：东方出
版中心, 2021.5（2024.7 重印）
ISBN 978-7-5473-1834-8

Ⅰ. ①鲍… Ⅱ. ①鲍… Ⅲ. ①古体诗－诗集－中国－
春秋时代 ②《诗经》－诗歌研究 Ⅳ. ①I207.222

中国版本图书馆CIP数据核字（2021）第081503号

鲍鹏山讲《诗经》

著　　者　鲍鹏山
责任编辑　朱荣所
装帧设计　极宇林

出 版 人　陈义望
出版发行　东方出版中心
地　　址　上海市仙霞路345号
邮政编码　200336
电　　话　021- 62417400
印 刷 者　山东韵杰文化科技有限公司

开　　本　890mm × 1240mm　1/32
印　　张　8.75
字　　数　165千字
版　　次　2021年 5 月第1版
印　　次　2024年 7 月第3次印刷
定　　价　46.00元

《诗经》的问题和我们的问题

《诗经》对我们而言，是一个谜，它有着太多的秘密没有被我们揭开。可是，它实在是太美了，使我们在殚精竭虑、不胜疲惫的解谜失败之后，仍然对它恋恋不舍。《诗经》是我们民族最美丽、最缥缈的传说，可它离我们却又那么近，"诗云"与"子曰"并称，在相当长的历史时期内几乎成为我们日常生活中的口头禅，左右着我们的思维与判断，甚至我们表情达意的方式都蒙它赐予——所谓"赋诗言志"。但它又总是与我们保持着距离——此曲只应天上有，人间哪得几回闻。我们已经对"子曰"完全历史化，孔子其人其事已经凿凿可信，铭刻在历史之柱上；而作为"诗云"的《诗》，却一直不肯降为历史——虽然我们曾固执地认定它与其他经典一样是史，但那只是我们的一厢情愿。它本来就不是描述"事实"，而是表达"愿望"。它确实反映了周代广阔的社会生活，堪称周代社会的一面镜子，我们也因此为它冠以"现实主义"之名，但其真正的价值是它表达了那个时代的痛与爱、愤怒与柔情、遗憾与追求……直到今天，我们仍然在"追求着他们的追求"。它永远是鲜活的生活之树，而不是灰色的理论与道德教条。虽然从孔子及其门徒开始，我们就在竭力把它道德化，至少从汉代开始，我们就一直在把它学术化，但它永远是诗，是艺术，是感性的、美丽的，是作用于我们心灵与情感并一直在感动我们而不是说服我们的。是的，它应该是，也一直是大众的至爱，而不仅是经学，是学术。《诗经》与我们的距离主要体现在我们对它的无知上。无论是我们对《诗经》本身及其中具体诗篇的解释，还是对《诗经》收集编辑分类、成书的意图，以及它所呈现出的独特艺术风采，都莫衷一是。莫衷一是的事实表明，我们都只是在臆测、在推断，而不是在证明与发现。对《诗经》中的很多问题我们都各持己见而互不相容。即便有些问题看来已经被"公认"，但那也只是全体的无能为力，无力提出更有说服力的结论，便只好就这么得过且过，我举几个例子。

正如大凡神圣人物总有一个神秘出身一样，《诗经》的"出身"也扑朔迷离。关于《诗经》的收集、编辑，既然它是辑录从西周初年至春秋中叶500年左右的诗歌，至少其中的15国风产生的空间范围又大得惊人：黄河流域、江汉流域全在其中，是什么人用什么样的方式把这些不同时间、不同地点产生的诗歌收集到一起的？为了解答这个问题，便有了"采诗说"和"献诗说"。班固《汉书·食货志》和何休的《春秋公羊传注疏》，都有"采诗"之说，且都说得极有诗意：

> 孟春之月，群居者将散，行人振木铎徇于路以采诗。献之大师，比其音律，以闻于天子。（《汉书·食货志》）
>
> 五谷毕入，民皆居宅，里正趋缉绩，男女同巷，相从夜绩……

从十月尽正月止，男女有所怨恨，相从而歌，饥者歌其食，劳者歌其事。男年六十、女年五十无子者，官衣食之，使之民间求诗，乡移于邑，邑移于国，国以闻于天子。故王者不出牖户，尽知天下所苦，不下堂而知四方。（何休《春秋公羊传注疏》）

但仔细推敲，他们的说法并无任何历史根据，司马迁就没有采纳这种说法，大量引用《诗》的《左传》也无此说法。不过我们却又无力反驳班固和何休，因为他们的说法虽然只是一个缺乏证据的推断，却是一个合理的推断。在那样一个前提之下——时间 500 多年，空间辽阔浩渺——《诗》之结集，必有这么一个过程。更重要的是，否定了这个说法之后，我们并不能提供一个更合理的说法。

与"国风"来自"采诗"的说法相配合的，便是大小雅来自"公卿至于列士"的"献诗"。这种说法也只有《国语·周语》中"召公谏厉王"一段中的一个孤证，且这"公卿至于列士献诗"之"诗"，是不是公卿列士们的自作，也成问题。况且，就《诗经》中大小雅部分来看，一些尖锐的讽刺之作，像《小雅·十月之交》中对皇父等七个用事大臣点名揭批，大约也不是"献诗"的好材料。更有一些诗，据说是写于周厉王之时，如《大雅·板》《大雅·荡》《大雅·桑柔》，在厉王以杀人来弭谤的时候，这样的诗，恐怕也不好献上去。

《诗经》的搜集固然是一个问题，然而要把集中起来的诗按一定的规则编排成书，也需要有这么一个人——或这个工作历经多人之手，那又是哪些人？最后毕其功的人物是谁？司马迁说此人是孔子，这当然是最好的人选，但司马迁并没说明他这么说的证据。这个说法也受到后人的质疑。

就《诗经》本身看，它的作者到底是些什么样的人，是一个更大的问题，但学术界已不把它当作问题，大家一致得过且过了。可这确实是一个没有解决的问题。朱东润先生于20世纪30年代在武汉大学的《文哲季刊》上发表《国风出于民间论质疑》等四篇文章，对"国风"是民歌的说法提出理据充分的质疑，却不见有什么反响。1981年朱先生又把这四篇文章和写于1946年的另一篇文章结集，以《诗三百篇探故》的书名由上海古籍出版社出版，但仍没见什么回应。我私下认为朱先生一定颇寂寞，他提出了一个问题，却没有人来与他讨论，他扔出了白手套，却没有人拾起来。换一个时地，他再扔一次，仍然没有人拾起。这种尴尬其实很好理解：大家都不愿再惹事，得过且过。因为这事惹不起，所以大家一齐都躲得起。

但另一方面，上述种种学术上的疑问却在很大程度上并不影响我们对《诗经》的欣赏和喜爱。正如一位绝世佳人，她吸引我们的，是她的美丽和风韵，而不是她的身份、背景。我们爱她，只为倾倒于她的风韵和美丽，却并不是因为了解了她的出身，也不一定是"学术"地探究到了她美之为美的原因。正如除非我们的联姻是为了政治、经济等利益考虑，我们爱一位美丽的女子并不一定看她的门第和背景。纯洁的爱情是没有背景的，真正的文学欣赏也可以是没有学术的。我们是否被感动、被感染，是文学欣赏是否发生的唯一标准；而我们还能否被感动或被感染，正是我们是否具有欣赏能力的重要标志。正如一个人对他所追求的绝世佳人身世背景的过分关注，会让我们怀疑他的真正用心一样，过分学术化的文学研究，也让我们怀疑他是否有"爱"文学的能力，甚至以之判断其是真的爱文学，还是仅仅因为这种"学术研究"能给他带来世俗的好处。我们还有这样的经验——不管这经验是来自自身的，还是间接获得的，当我们了解到我们所钟爱的女子的出身后，可能恰恰损害了我们对她的纯洁感情。

综上所述，《诗经》给我们留下的问题，自孔子以来，陈陈相因，没有弄明白的事真是不少；而学者们的深文周纳、望文生义又增添了更多的新问题。《诗经》学是经学的重要一支，历代研究《诗经》的著作，《四库全书》已收录达146种之多（著录书62种，存目书84种），这还不包括亡佚了的。而自清乾隆年间至今，又有多少著作，尚无统计，在今天学术受到高度重视与鼓励的情形下，相信会有更多的研究专著纷纷面世。在撰写此书前，我曾去上海鹿鸣书店搜集当今学者的这方面著作，在该书店20多平方米的书室中，我竟很容易地觅得七八本刚刚出版不久的《诗经》研究专著。我在为祖国的学术繁荣高兴的同时，也有一些疑惑，这一类大同小异的"学术著作"到底有多少价值？我当然不想唐突学者，这几位学者都是极认真极辛苦地做他们的学问的，他们的功夫也很扎实。但如果一本书中，除了人人皆知的基本事实的叙述，自己的所谓一得之见寥寥无几，我想我们不能因其是按"学术规范"操作出来的、按学术文风写作的，就给予"学术著作"的待遇，予以极大的尊敬。而且，这所谓的"一得之见"，也仅仅是个人之见，它们往往并不能解决旧问题，却可能引发新争论。我不是说引发争论不好，诚如学者所云，这就是学术积累，并且"真理越辩越明"。也许"真理"确实可以越辩越明，但我们的学者们所争的，往往是他们特别感兴趣的所谓"真相"。比如说，一首诗到底是什么年代的、是谁作的、是为谁作的、是讽刺或歌颂谁的，一首诗中的某个字到底是什么意思等，对这类"真相"，我倒觉得，他们是越辩越模糊了。反正我有这样的感受：他们不说我还明白，他们越说我倒越糊涂了。关于所谓的"历史真相"，我有两方面疑问：

第一，是否存在最终的"真相"，是否有可能揭示最终的"真相"？

第二，即便我们找到了所谓的"真相"，到底有什么意义与价值？

关于第一个问题，我们可以把它放到"历史学"的大背景中来考察，正如历史本体在"历史学"中只是理论上存在，而实际上不存在一样，关于某些诗篇的创作真相也可作如是观。而所谓对历史真相的揭示，在很多时候，就学术研究来说，是有些自欺欺人的味道的；如果我们一定要对真相感兴趣，我建议不要从事人文科学的学术研究，不要钻故纸堆（因为故纸堆未必有关于某事的记录，即便有，古人的记录也未必就真实。办公室里今天有人打架，明天找在场的人叙述，不同人叙述的都可能不一样），最好的途径是想办法造出时间机器，让它把我们送回现场去。要说方法，这才是真正科学的方法；要说真实，这也才叫真实。

关于第二个问题，即便我们找到了所谓的"真相"，是否对我们有意义与价值？比如说，当我们终于自己相信并对外宣传《卫风·木瓜》是赞美齐桓公的，《郑风·将仲子》是讽刺郑庄公的，你的这种发现的"价值"是什么？你的这种发现证明了《诗经》的价值了吗？增加了《诗经》的价值了吗？而我以为，用这种方法读《诗》，除了也许有一点"以诗证史"的价值外，恰恰是对《诗经》的贬低，是对《诗经》更多、更大价值的遮蔽。如果我们的目的是研究历史，我们当然可以《诗经》注我，把它作为佐证使用（如果你的结论不是臆测的话）。但若是研究《诗经》，定不必如此搞——至少不能把主要精力与兴趣放在这些地方。

所以，在人文学科的研究中，如谈及历史问题，我以为重要的不是去寻找所谓物理形式的"历史真实"，而是发现心理形式的"心理真实"；不是去寻找物质形式的事实，而是要去发现、发掘"人文事实"。

何谓"心理真实"？比如，《诗经》的305首诗中，体现了哪些价值观念？展示了那个时代人们的哪些思想意识、道德观念、文化观念？我认为，对这种"心理真实"的发现、指认，对其中有价值部分的发扬光大，比起一本正经地去研究某一首诗到底是谁作的、是为谁写的等问题要有意义得多。

何谓"人文事实"？引一个例子就能明白，比如屈原。学术界有人否认屈原的存在，又有一批人为之激怒而力证屈原的存在。他们争论的乃屈原其人的"物理存在"（或物质性存在），但这个问题真的很重要吗？我们为什么不能理直气壮地说，自汉代刘安、司马迁、班固、王逸诸人至今，屈原的"存在"已是一个不容抹杀的

"人文事实"？屈原所代表的那种精神与心灵，已成为我们历史的一部分，成为民族记忆的一部分，从而无法抹杀。这一点不是更重要吗？如果我们不能否认这一点，那么，那个所谓事实上的、物质上的、肉体上的"屈原"，到底存不存在，《离骚》等作品的作者到底是甲还是乙，有什么关系？因为问题的本质在于：不管此人是甲还是乙，是谁谁就是"屈原"。有《离骚》就有"屈原"。而屈原是甲还是乙，甚或《离骚》并非一个叫屈原的人所作，本来就是一个假问题。"屈原"早已成为一个文化符号，他是作为《离骚》等二十多篇伟大作品的作者而被我们回忆与尊敬的。他的价值也在于他代表着一种精神，而不是那无法找寻的战国时代的枯骨。硬要把它还原为具体的人，不仅不可能，更是无必要。

本书力求避开繁琐的所谓"历史真实"，而尽力去追求"心理真实"。我不去纠缠诗的作者、诗的时代、诗意所指的具体对象或作者的原始意图等问题，我只对其中体现出来的价值观念感兴趣，而若《诗经》在一定数量的诗篇中对某一问题皆有足够的关注与大致相似相通的价值表述，就列为一个小小的专题来专门讨论。当然这只是一个仓促的开端，我做得并不好。实际上，在这个层面上，我依然是把《诗经》当"经"来读的。因为，就心理真实而言，《诗经》所体现出来的众多价值观念，是我们民族曾经拥有，并在后来得到发展壮大的，是我们民族文化之根。《诗经》中关于人情物理的众多诗意描写，也已成为相应的价值观念的经典表达。我们以为，这些经典表达由于深入我们的记忆，并被我们在日常生活中引用与遵照，它便成为我们观察世界、思考人生、应对种种实际问题的价值起点。它仍是活的，且还在指引我们。我们以为，这就是"经典"的真正意义。

但《诗经》毕竟是"诗"，我们更要把它当"诗"来读。我选取了40来首诗，略作赏析和发挥。在这一部分的写作中，我也尽力避免教材式的写法。我没有对诗进行全面的分析，恰恰相反，我往往是攻其一点，不及其余的。我只是写出自己读此诗时的感动与感想，想用这种办法来挽救被过度学术化弄得面目可憎的古代诗歌的清誉。

目录

第三章　永远的感动·165

第一章

圣贤的经典

何为《诗》

在今天的大学专业教育中，《诗经》被这样描述并要求专业学习者认知和认同："《诗经》是我国第一部诗歌总集，共收入自西周初期（公元前 11 世纪）至春秋中叶（公元前 6 世纪）约 500 年间的诗歌 305 篇，分为《风》《雅》《颂》三部分。最初称《诗》，汉代儒者奉为经典，乃称《诗经》。"从专业的角度讲，这个解释包括了《诗经》的重要的知识性要素，但存在一个问题，知识和认知是不同的：知识是外在强加的现成的答案，而认知则需要认知主体的高度情感认同和理智觉察。关于《诗经》的这个知识性的专业解释，不能对我们的认知能力和情感倾向产生什么影响。这就是"知识"的缺陷：知识往往不需要你自己去知识（动词），只需要你记住别人的"知识"。举个例子：孔子是个圣人或伟大的人类先知或伟大的思想家，这是知识，你肯定知道。但你真这么认为吗？真这么感受吗？如果是，那就是认知。

认知需要体会，需要感性接触。

专业教材告诉你孔子是伟大的人，你可以在瞬间记住这个结论，获得这个知识。但是，这个结论与知识对你而言，是外在的，它对你的情感、心智和认知能力几乎不会产生什么影响。

　　而你只有自己通过诸如《论语》《孔子世家》《孔子家语》等第一手资料的切身体会，"认知"到孔子是个伟大的人，才能在你的内心发生影响，孔子才会成为你心灵、智慧和德性的一部分。

　　只有你认知的东西，才是真正影响你心智和感情的东西。

　　《诗经》是一本歌词总集，所收之诗全部是乐歌。"三百五篇，孔子皆弦歌之，以求合韶、武、雅、颂之音"（《史记·孔子世家》）。"诵诗三百，弦诗三百，歌诗三百，舞诗三百"（《墨子·公孟》）。《诗经》中的诗歌，在今天，是诗，在当时，却是歌词，与音乐配套的，甚至是与舞蹈合拍的。

　　从内容上来说，《诗经》中充沛的激情显示出《诗经》最初的创作冲动乃是感情的——诗人面对生活中的是是非非，不禁有善善恶恶的冲动；面对生活中的酸甜苦辣，他们也有喜怒哀乐，所谓"饥者歌其食，劳者歌其事"，也就是说，《诗经》305首诗，除了"大雅"及"三颂"中或许有命题作文，是为了载道或宣扬某种道德信念，宣扬伟大的历史功绩外，大部分作品都是由具体的事件引发特定的情感，然后情动于中而发于言，这就是所谓的"诗言志"。

　　据说由于孔子参与了这部诗集的整理工作，并在他的私学中用它作为教材，又对某些诗篇进行了解释和发挥，在汉武帝"罢黜百家，独尊儒术"的大背景下，《诗》（和其他儒家著作一起）受到统治阶级的特别重视，成为"五经"之一，更成为儒家最重要的经典之一。随着《诗》成为《诗经》，这部文学作品遂成为全民思想教育的教材、知识分子的晋身之阶，跻身国家意识形态的主流地位。

　　《诗经》的这种地位决定了对于它的研究必然成为封建社会的

显学。从为《诗经》作传的毛亨开始，经过郑玄作笺、孔颖达作疏，最终形成了以政教伦理为读诗出发点与归宿的说诗体系。他们将诗中所体现的思想情感归到政治伦理上，将诗中所发生的故事都用来印证历史上曾发生过的重要事件，《诗经》在这条阐释道路上成了"诗教""诗史""诗政"。千百年来，无数学者固执地在《诗经》那些优美的文字中揣摩着圣人的道德和先王的训诫，希望能寻找到修身治国的"圣王之道"。当生活的意趣和性灵的自由都被先哲们安排上种种道貌岸然的哲理和准则，生活中的轻松和自得便消失不见，爱与哀愁也变成生硬的历史事件的投影。两千余年的《诗经》研究主要集中于四个方面：其一，关于《诗经》的性质、时代、编订、体制、传授流派和研究流派的研究；其二，对于各篇内容和艺术形式的研究；其三，对于其中史料的研究；其四，对于文字、音韵、训诂、名物的考据以及校勘、辑佚等的研究。

随着封建社会的结束，西方科学文明的传入，《诗经》研究也走进了全新的时代。一些传统课题得到了深化，一些新的课题进入了研究的视野。现在《诗经》研究向着社会学、历史学、神话学、语言学、民俗学、文化人类学等多元化方向发展，取得了前所未有的成果。但是，这些研究有一个重大的问题似乎被人们忽视了，即《诗经》变成了其他科学研究的材料，变成了我们研究社会学、历史学等人文科学的征引资料库之一。《诗经》本身却不见了，被肢解了，被拆零倒卖了。一句话，我们已经不是在研究《诗经》了。

当然，在历来的《诗经》研究中，除了以《序》说诗，使《诗经》研究走上"意义化""政治化""伦理化"以外，还有以诗说

《诗》一路，还诗反映的当时人生活面貌与思想情感的本来面目。将《诗经》还原为一部审美抒情的文学作品，一直被认为是《诗经》研究的一大进步，但我们以为，这显然还不够。

《诗经》不仅从本质的创作冲动上讲，是"诗"，而且从其对民族心理的揭示、对民族文化的展示、对人性的发掘及其表达的高度概括和艺术性上来讲，它无愧于"经"。它是一部"诗"集，但绝不是普通的个性化的抒情诗集。它是我们民族最原始的情怀和道德感的表现。这就使得它又高于一切其他诗集而成为"经"。所以，我们完全可以在全新的意义上重新给予《诗经》经典的地位。

《诗经》被称为"经"，不但指它是一部儒家思想哲学的重要典籍，也不单单表明这是一本关于诗歌的经典之作，它还是一部记载当时农业生产、历法、战争、民俗、婚嫁等社会生活的经典之作；它还是表达喜悦、快乐、悲伤、怨恨、痛苦、思念、绝望等人类情感的经典之作。我们生活中的所有角落都能在《诗经》中找到经典的映射，我们心灵中的每一次悸动都能在《诗经》中找到经典的诠释。《诗经》是一部关于我们的过去、现在、未来生活的经典，这才是《诗经》的最好定位。

《诗》从何来

关于《诗经》的形成最广泛的说法便是"采诗说"。前序中提到这种说法主要来自班固的《汉书》和何休的《春秋公羊传注疏》。《汉书》中除了前文中讲到的《食货志》中的记载，还有如下说法：

> 古有采诗之官，王者所以观风俗、知得失、自考正也。（《汉书·艺文志》）

可见班固与何休两个人的说法略有些不同。班固认为古代有专门司职采诗的部门和官员，他们到各国采诗，归来献于太师；而何休则认为采诗并没有专职部门负责，各国自行采集，最后献给天子。

上述二人虽将采诗者的身份、采诗的方式和采诗的过程表述得非常具体，唐代的孔颖达编的《毛诗正义》也支持他们的观点，但"采诗说"却一直遭到学者的质疑。清代学者崔述便提出《诗经》采集时代长达 500 余年，为何"前三百年所采殊少""春秋千八百国独此九国有风可采而其余皆无"的疑问。而最大的疑问便是这样的大规模、有组织的活动，不可能不在典籍中有所记载，但无论是《春秋》《左传》，还是《周礼》等先秦典籍中，我们都看不到有关采诗之官和采诗之事的记载。而记载采诗之事的书籍，都出自汉人之手，如刘歆的《与扬雄书》、扬雄的《答书》、许慎的《说文解字》等。因此，现当代学者普遍怀疑先秦时期的采诗制度的真实性，认为所谓"采诗"是汉人根据汉代的乐府采诗制度而作出的推测之词。

但是，在漫长的500年间，作为王朝的乐师，为了配乐和典礼的需要，用多种渠道和方式去搜集民间诗歌或者士大夫的作品，还是可能的。我们无法想象这些散落在广阔的空间和漫长的时间中的诗篇，如果没有经过采集和整理的行为，怎么才能集中起来。所以，即便采诗制度不是每个王朝、每个地区都存在的搜集诗歌的方式，也许不如汉代乐府那样规范，但《诗经》的最后形成不可能没有采集和整理这个过程。

关于《诗经》形成的另外一种说法是"献诗说"，它指的是贵族和士大夫们为了表达对政治的评价，揭露时弊或者表达个人的怨恨和愤懑之情而作诗以献。除了采诗，献诗也是《诗经》中的诗歌可以集中在一起的一个主要渠道。

天子听政，使公卿至于列士献诗……（《国语·周语上》）

故《夏书》曰："遒人以木铎徇于路。官师相规，工执艺事以谏。"正月孟春，于是乎有之，谏失常也。（《左传·襄公十四年》）

天子五年一巡守……觐诸侯。问百年者就见之，命大师陈诗，以观民风。（《礼记·王制》）

通过这些并不多见但已充分的记载，我们可以确定当时的确存在着献诗的制度或风气。《诗经》中相当一部分诗歌，来自春秋列国贵族公卿所献之诗。

无论《诗经》中的诗是采还是献，最后是怎样汇编成集，成为我们现在看到的《诗三百》的呢？据司马迁说，春秋时期的诗歌有3 000多篇，后来孔子十取其一，整理成集，就剩下了305篇，这便是"删诗说"：

古者诗三千余篇，及至孔子，去其重，取可施于礼义，上采契、后稷，中述殷、周之盛，至幽、厉之缺，始于衽席……三百五篇，孔子皆弦歌之，以求合韶、武、雅、颂之音。（《史记·孔子世家》）

后来班固、郑玄等人都根据这个说法对孔子删诗说进行了补充解释。可是唐代的孔颖达编写《毛诗正义》，为郑玄的《诗谱》作疏，又开始提出不同的看法。

案书传所引之诗，见在者多，亡逸者少，则孔子所录，不容十分去九，马迁言古诗三千余篇，未可信也。

他只是认为孔子不会删去这样多的诗，并没有否认孔子

"删诗"。

但疑窦一开，这个问题便逐渐引起人们的重视，一直到清代争论了 1 000 多年，成为一大公案。支持孔子"删诗"说法的学者有欧阳修、程颢、王应麟、马端临、顾炎武、赵坦、王崧等人。他们一方面是出于对《史记》的信赖和尊重，另一方面认为 500 年间不可能只有 300 首诗歌，既然有着大规模的"采诗"行为，采集的诗歌一定是非常多的，所以一定会有一个删选整理的过程。而《论语》中孔子谈到的他对"诗"的处理，也证明了孔子做过这方面的工作。反对"删诗说"的阵营要大一些，有郑樵、朱熹、吕祖谦、叶适、朱彝尊、王士祯、赵翼、崔述、魏源、方玉润等，到了现代还有梁启超、胡适、顾颉刚、钱玄同等。他们认为据典籍记载，早在公元前 544 年季札观乐时，《诗》的总体面貌和今天留存的就基本一致了，而那时孔子最多九岁，不可能"删诗"。另外，《论语》中孔子谈到的他对《诗》的处理是在"自卫返鲁"之后，而此前孔子谈到《诗》时，已经称"诗三百"。不考虑这些考据内容，仅从现实角度来分析，在春秋时期，庠序之讽诵，列国士大夫之赋诗言志，典籍记载多出于今本《诗经》，而孔子在当时不可能具有如此之大的影响。

到了当代，大家才基本上有了比较一致的看法，认为从方言和音韵的统一、四言字句上的统一、结构形式的统一等形式上来看，《诗经》是经过删汰整理然后汇编成集的，整理者应当是当时的乐工或者乐官，孔子的"删诗"不能够成立。但是，孔子在文字、方言和音乐方面做过一些整理修订的工作，并且将《诗经》作为教材，对《诗经》的保存和流传有着很大的贡献。

《诗》之体：风、雅、颂

《诗经》有"六诗"或"六义"之说，名称不同，但内涵都是风、雅、颂、赋、比、兴。

最早提出"六诗"之说的是《周礼·春官·大师》：

> 大师……教六诗：曰风，曰赋，曰比，曰兴，曰雅，曰颂。

这里是把风、雅、颂、赋、比、兴并列，但"风""雅""颂"既已明列为《诗经》305首之分类标题，它们与"赋""比""兴"显然不属于同一范畴。《周礼》此说，若不是对六者认识不清，即是逻辑混乱。这种分类上的逻辑混乱在缺乏逻辑训练的中国古代，并不少见。

最早提出"六义"之说的是孔颖达，他在《毛诗正义·序》中提出：

> 风、雅、颂者，《诗》篇之异体；赋、比、兴者，《诗》文之异辞耳。大小不同，而得并为六义者，赋、比、兴是《诗》之所用，风、雅、颂是《诗》之成形，用彼三事，成此三事，是故同称

为"义"。

虽然孔颖达仍然把六者绑在一起说，但他已明确把"风、雅、颂"与"赋、比、兴"分立，不同于《周礼》的错综其间。同时，他也明确指出这两类，一属于"体"，一属于"辞"；一为"成形"，一为"所用"。因此，我们可以接受这样的观点："风""雅""颂"为"诗之体"，而"赋""比""兴"为"诗之用"。

（一）风

何谓"风"？古人有这些说法：

（天子）命大师陈诗，以观民风。（《礼记·王制》）

古有采诗之官，王者所以观风俗、知得失、自考正也。（《汉书·艺文志》）

上以风化下，下以风刺上，主文而谲谏，言之者无罪，闻之者足以戒，故曰风。（《毛诗序》）

现在学术界一般认为，"风"就是各地民歌，但我认为这个"民"不能理解为普通百姓细民，而仍然是贵族群体。如《王风·君子于役》，看起来是后代民歌风格，但那时候的普通百姓人家，哪里可以称自己丈夫为"君子"？"风"大体上是天子为了考察民情和了解民风而派专人从各地方采集而来的，天子关心的也是这些各地中下层贵族的情绪、意志及意见，哪里会关心到野人？各地风土人情不同、政治状况不同、经济与环境不同，不同地方的"风"也就有了不同的风格，反映出不同的民情、民意与民俗，因此具有明显的地域特点，具有鲜活绚丽的个性色彩。

"风"分国编辑。但必须说明的是，这个"国"不仅仅指国家，也指方域和地区，与诸侯国之"国"并不完全对应。包括《周南》《召南》《邶风》《鄘风》《卫风》《王风》《郑风》《齐风》《魏风》《唐风》《秦风》《陈风》《桧风》《曹风》《豳风》，共十五"国风"，诗 160 篇。

1. "二南"（25 篇）

武王灭商后，疆域扩大，为了加强统治，于是决定让周公和召公分陕而治。《周南》和《召南》便是产生于周公和召公分治的黄河和长江流域一带，在十五国风中是最南的了。有史料记载，二南属地后来都被楚国吞并，所以后来也有人把《楚辞》的源头上溯到二南。一直有人认为"南"是一种诗体，因此提出"二南独立说"，即"南""风""雅""颂"四诗说，其主要论据来自《诗经》的《鼓钟》一句"以雅以南"。但是当今学者普遍还是认为，"二南"和其他十三国风一样，属于地方民歌的范畴。"二南"最大的特点是多婚礼之歌，也被称作《诗经》时代的婚姻生活百科全书。代表作有《关雎》《桃夭》等。

2. 《邶风》《鄘风》《卫风》（39 篇）

邶、鄘、卫三地本属殷王朝京都朝歌一带的王畿之地。因周武王灭殷后将原殷朝王畿之地一分为三，最后统称为卫，故齐、鲁、韩三家诗学派把邶、鄘、卫三风合成一卷。

殷商的音乐、诗歌、青铜器等文化艺术在当时是处于领先地位的。首先，我们从《氓》和《谷风》这种"国风"中罕见的大段分节的诗歌可以看出，作为商代音乐体系的延承，《卫风》所代表的卫地的音乐水平较其他地域更高一筹。其次，邶、鄘、卫的诗歌也沿袭了殷人原有的对造型艺术热爱的传统，出现了许多善于描绘人体容貌及服饰之美的诗歌。《鄘风·君子偕老》写一位贵族夫人的容貌服饰之美，《卫风·硕人》对齐国美人庄美的描写，历来都被称为"美人赋"。也有《卫风·淇奥》这种描写男子外貌的诗。这些诗词对后代的《羽林郎》《陌上桑》《孔雀东南飞》等诗歌有很大的影响，也被晚唐的一些词人所吸取与发展。

一个热爱艺术的国家往往出产多情的人民，因此，在《邶风》《鄘风》《卫风》中，我们能看到缠绵悱恻的爱恋（《邶风·静女》《鄘风·桑中》和《卫风·木瓜》），也能看到难舍难分的送别（《邶风·燕燕》与《邶风·二子乘舟》）；会有人因怀念逝去的爱人而黯然销魂（《邶风·绿衣》），也有人付出了青春与爱的代价（《卫风·氓》和《邶风·谷风》）。念亲恩，有人含泪唱《邶风·凯风》；感国难，有人悲壮作《鄘风·载驰》。

邶、鄘、卫三风不仅以诗歌众多、题材丰富著称，而且在叙事抒情的结合方面，在人体美、服饰美的精心描写方面，在诗歌的表述深刻、构思精妙方面，显示了故殷都一带的较为独特的艺术特色。

3.《王风》（10 篇）

关于《王风》有一个千年大争论，那就是既然"王"即东周王都的简称，为什么《王风》归于"风"而不归于"雅"呢？有人说是因周平王东迁后其地式微，其诗不能复雅，故贬之为风。《王风》数目虽少内容却颇丰富：除了表达男女之欢爱、夫妻之情深的诗歌外，悯时纷乱、怀念故国的诗篇，是它的一个主要内容。

4.《郑风》（21篇）

郑国处于东周国都洛阳附近，水阻山险，封建礼教的影响比较薄弱，因此《郑风》具有华靡放荡的特色，成为《诗经》民间恋歌中闪光的明珠。

《郑风》中女子创作的情诗比例很高。她们美丽多情而又大胆泼辣，热情奔放而又坦然自如。《郑风》中的《狡童》《山有扶苏》《褰裳》《溱洧》等诗用浓郁的诗意、优美的音节、坦率的诗风生动地再现了郑人对歌传情、自由恋爱的风俗。《郑风》对千百年来为争取婚姻自由的青年男女起了很大的鼓舞作用，也使历来的封建卫道者为之痛心疾首。

关于"郑风淫"的问题有必要说一下。首先，这个"淫"和现在的意思不一样，指的是过分的意思。其次，这个"淫"指的是音乐风格，即相对"雅乐"的含蓄、平和、节制来说，郑乐比较激烈、外露和宣泄。

5.《齐风》（11篇）

齐国地域广博，盛极一时，是当时东边最大的国家。因此《齐风》尚侈，有舒缓之体。与《唐风》《魏风》的俭啬不同，我们在《著》中看到的是一个泱泱大国的富贵华丽的色彩和迂徐舒缓的诗风。此外，《齐风》好武喜猎，在《还》中我们看见齐人的豪气冲天。

6.《魏风》（7 篇）

此魏是指周初所封之魏国，姬姓，非战国时三家分晋后的毕姓魏国。它是受秦、晋两个大国奴役的一个弱小的诸侯国。朱熹《诗集传》说："魏，国名。本舜、禹故都。在《禹贡》冀州、雷首之北，析城之西，南枕河曲，北涉汾水。其地狭隘，而民贫俗俭，盖有圣贤之遗风焉。"恶劣的自然条件和险峻的政治形势，几乎所有的困境它都具备。因而魏国诗是《诗经》中"怨以怒""哀以思"最有代表性的诗歌，充满了思想幽深的色彩。

《魏风》数量不多，但质量很高。《魏风》的特色是诗风质朴、思想性很强，多数作品能够深刻地反映当时的社会现实，具有鲜明的时代色彩。代表作《伐檀》《硕鼠》就是最典型的实例。

7.《唐风》（12 篇）

唐国地寒土薄，故《唐风》多忧思深远之音。《葛生》为悼亡诗之祖，在题材的开发与艺术成就方面，对后代的诗歌都有较大的影响。诗人对生命的流程与生命的意义已有较为透彻的认识，这种"生命意识"在《诗经》重视世俗生活的整体诗风中很是抢眼，它既是一种重要的思想，也是《唐风》区别于《诗经》其他风诗的鲜明特点之一。《蟋蟀》与《山有枢》既提出了"及时行乐"的观点，又体现了"好乐无荒"忧思深远的思想，对后世两种类型的诗歌的形成与发展，具有深远的影响。在一片寒苦怨屈声中，《唐风》的婚歌《绸缪》就越发显得喜人和温馨了。

8.《秦风》（10 篇）

秦人自古以来就是以游牧为主。秦人好战劲悍、慷慨激昂，故《秦风》多豪迈奔放的金戈杀伐之音。代表作《无衣》是一首英雄主义军歌，表达了同仇敌忾、慷慨援助的精神。而著名的相思诗《蒹葭》却显得柔情如水，深情委婉而又苍凉悠远。旷达彪悍的秦人，偏写出了如此深情缥缈的情诗。

9.《陈风》（10 篇）

陈南近楚，北接郑，巫风昌盛，国民多能歌善舞。因此《陈风》带着浓烈的神秘梦幻色彩。《月出》，描绘了一位袅袅动人的神秘的月光女郎；《东门之杨》，用白杨、星光和夜风营造出奇异的美景。

10.《桧风》（4 篇）

桧是郐的异体字。作为一个弱小的诸侯国，从篇名《羔裘》《素冠》便能看出《桧风》四篇都是贵族或是士大夫所作，其中散发出来的都是深沉凄凉的亡国哀思，也有表现厌世悲观之情的《隰有苌楚》。

11.《曹风》（4 篇）

曹国作为一个夹在大国之中兴衰沉浮的小国，诗风比较杂乱，没有明显的特色，也没有特别突出的名篇。王粲《七哀诗》中提到的《下泉》一诗，算是《曹风》中较好的作品。

12.《豳风》（7 篇）

豳风一般认为是反映周公东征的组诗。三年东征使得《豳风》中洋溢着对于和平的向往和安定生活的渴望。尤其是《东山》一诗，构思巧妙，技巧成熟，深沉的思念之情真切缠绵，是《诗经》中的名篇。另外，《七月》是国风中最长的叙事诗，在文学、史事、历法、农业等方面都极具研究价值。

《诗经》中不同国风有着不同的色彩，我们从中可以看到不同地域的风土人情，也能通过它们看出天下兴衰之道。

（二）雅

雅是产生于西周"王畿"地区的乐歌，当时把王畿之乐看作正声——有着和谐平正特点的官方典范音乐，带有一种尊崇的意味。像《大雅》，其实和《颂》一样属于主旋律音乐。按照经学家的解释，它能启发人们心中向善的本性，使人听后感到愉悦但又不会流于邪僻。

"雅"分《小雅》和《大雅》。其中《小雅》74篇，《大雅》31篇，共105篇。

《大雅》《小雅》之分的依据，众说纷纭，可能是根据年代先后而分，但二者在音乐形式和诗体形式及使用范围上也都有所不同。在诗体形式上《大雅》比《小雅》的结构更复杂，篇幅也更长。由此也可推断，《大雅》比《小雅》的乐章更多，演奏时间也更长。《大雅》的内容与《颂》相似，所用场合亦大体相同；《小雅》比较接近于民歌或者根据民歌改编而成，常用于士大夫饮酒礼中，唱时用瑟或琴伴奏，称为"弦歌"。

雅诗旧本以10篇为一组，以这一组的第一篇诗作为组名，如《鹿鸣》至《鱼丽》10篇，就称为"《鹿鸣》之什"。依此类推，最后一组往往会超过 10 篇，如《小雅》的最后一组"《鱼藻》之什"有 14 篇，《大雅》的最后一组"《荡》之什"就有 11 篇。

《小雅》中有部分反映贵族宴饮生活的燕飨诗，讴歌了朋友、兄弟之间珍贵的感情，其中以《鹿鸣》《常棣》《伐木》《湛露》为代表作。此外《小雅》中还有一些史诗性的叙事诗，如《出车》记周宣王时南仲征伐狁狁事，《常武》写周宣王亲征徐夷，《采芑》《六月》记周宣王时同蛮荆和狁狁的战争，其他还有《天保》《车攻》《吉日》《鱼藻》等。

但是《小雅》中比较突出的是反映徭役和战争的诗歌，这些诗歌从题材到风格都和国风很类似。如《采薇》一直被认为是《诗经》中最好的诗，受到后代文人的高度评价。另外还有《杕杜》《何草不黄》等。与偏重叙述武功的史诗不同，这些诗歌多从普通士兵的角度来表现他们的遭遇和想法，诗中以忧伤的情绪为主，着重歌唱对于战争的厌倦和对和平的家庭生活的思念，读来倍感亲切。

另外一种是政治讽刺诗，作者大多为士大夫。这一类诗中，有些作者对统治阶层内部秩序的混乱和不公正现象提出了指责，如《北山》；也有作者基于对艰危时事的极端忧虑，表达对他们自身所属的统治集团，包括对最高统治者的强烈不满，如《十月之交》，开创了中国政治诗的传统。这些于危难之时发出的忧患之声，表现出诗人对国家前途和个人安危的担忧和顾虑，其中洋溢着尽瘁王事、心忧家国的慷慨悲壮的精神力量，对后世的现实主义诗歌有着深远的影响。

　　《大雅》31 篇，以颂诗居多。一个民族的起源阶段，往往会有一些关于部落英雄创业的传说和颂歌。《大雅》中的《生民》《公刘》《绵》《皇矣》《大明》五篇便是这样一组周民族的史诗，记述了从周民族的始祖后稷到周王朝的创立者武王灭商的历史，其产生的年代大致也在西周初期。

　　《生民》先叙后稷的母亲姜嫄祷神求子，后来踏了神的脚印而怀孕，接着叙述了后稷诞生后的种种磨难以及历难而不死受到的不寻常的护佑的过程。《公刘》叙述公刘率领部族迁徙到豳，开辟土地，建屋定居的历史。和《生民》相比，公刘身上已经没有了神话色彩，而完全是一个历史人物。

　　《绵》叙述了古公亶父迁徙到岐下开国奠基直到文王受命、周族强盛为止的历史，其中写古公亶父从豳迁徙到岐下，同姜女结婚，在岐下筑室定居，从事农业生产，大修宗庙宫室，委任官吏，然后建立国家，消灭夷人，最后是文王受命。叙事条理分明，结构严谨，达到了相当高的水平。

　　以上三首史诗，叙述了周文王出现以前的周民族的历史。接下来的《皇矣》从太王、太伯、王季叙述到文王的伐密伐崇，《大明》从文王出生叙述到武王伐纣，都记载了以文王功业为中心的周民族的开国历史。这些英雄为周王朝的建立做出了巨大的贡献，史诗也赋予了他们神性和天命意志，他们也因此受到后人的崇拜和歌颂。

　　但是我们也看到，以记述事件和颂扬祖先为主要目的的这些史诗虽然简明而有条理，但故事情节、人物形象显得十分单薄苍白，和西方以描写英雄为主的《荷马史诗》等比较起来，文学性和表现技巧都比较缺乏。而在《诗经》里面，叙事诗主要就集中在《大雅》的这几篇里。可见从《诗经》起，就显示出中国诗歌不太重视叙事的倾向。《大雅》也有一些忧国忧民的政治诗，如《民劳》《荡》《板》《抑》《桑柔》《瞻卬》等，真实深刻地反映了厉王、幽王时期混乱动荡、民生凋敝的社会现实。汉语中甚至由此有了"板荡"一词，专门描述国家动乱分裂、人民遭灾受罪的状况。

《大雅》还有一个很重要的特点，就是当时人们已经对至高无上的"天"开始怀疑起来了。《毛诗序》云："雅者，正也，言王政之所由废兴也。"但《大雅·云汉》用宣王祈雨的口吻向上天发出了充满怨痛的质问："王曰於乎，何辜今之人！天降丧乱，饥馑荐臻。靡神不举，靡爱斯牲。圭璧既卒，宁莫听我？"似乎也不是那种维护现有秩序和天道的"政治正确"的正，而是对于政治清明的追求，对于黑暗政治的谴责。《雅》中那些数量不少的表现了对政治和社会现实高度重视和担忧之情的诗篇，才是《雅》之"正"的风格。

（三） 颂

《颂》是专门用于宗庙祭祀先王、先公，歌颂其功德的一种音乐形式，换言之，《颂》就是最高等级礼仪规格的一种标志。颂的含义和用途是："颂者美盛德之形容，以其成功告于神明者也。"（《毛诗序》）其音乐的特点是雍容庄严，节奏较风、雅更加缓慢，这一特点对于我们考察早期历史、宗教与社会有很大帮助。

《颂》包括《周颂》31篇、《商颂》5篇、《鲁颂》4篇。周是当时的王室，而宋国和鲁国只是周朝的两个诸侯国，为什么能列入颂诗呢？现在的观点认为，这是周天子对周公和宋君的一种特殊的政治礼遇。宋国是西周初期分封殷王后裔的诸侯之国，宋人祭祀商朝历代君王的颂诗之所以能列为颂诗，是因为这些颂诗是周朝的前一代商朝天子的礼乐。鲁一个诸侯国，鲁诗之所以能列颂，是因为周公旦辅佐成王，曾有大功德于王室，所以也有颂。

从形式上来看，《周颂》言简意赅，也不用韵，往往一章就是一个主题；要表达祭祀时的情感，还要借助音乐和舞蹈才能实现。而《鲁颂》《商颂》的结构就比较复杂铺张，重章叠韵较多。特别是《鲁颂》中大量运用形容词，更是呈现出一种夸张浮艳的特色。

从内容上来看，《周颂》以颂德为主，而《鲁颂》《商颂》却转向了颂功，由诚惶诚恐地向先祖神灵祈求福佑到辞藻华丽地夸耀功业。

《周颂》是周王室庄严神圣的宗庙祭祀诗，产生于西周初期，主要出自祭祀的主持人和组织者，即太史和太祝等人之手。《周颂》的主要内容除了歌颂祖先功德，还有祈福或酬神的乐歌。

如《武》，便是歌颂武王伐纣取得胜利的乐歌。这种祭祖诗，一方面是为了歌颂祖先开国建业的丰功伟绩，另一方面也是通过歌谣的形式记录下那段伟大的历史。不单单是取得武功的君王需要歌颂，在以农业为立国之本的周代，那些传授耕种技术的先祖更值得歌颂，如《思文》便是歌颂伟大的后稷。

不仅如此，《周颂》还反映了西周初期农业生产的情况，如

《周颂·噫嘻》就给我们描绘了当时大规模耕作的情形。

除了赞美先祖和祈求福祉的颂歌外，《周颂》里也有一些用君王祭祖时的口吻追思先人艰难，提醒自己和大臣须勤勉的内涵的诗歌，这些诗带有强烈的政治训诫意味，不同于其他祭祀颂歌。

《鲁颂》已不像《周颂》中那样敬畏鬼神，而是将美好的字眼转向了自己的功业。《商颂》从内容性质上看更接近《大雅》，是祭祀祖先的颂歌，近年来也有学者认为其中记叙了商民族起源和英雄祖先的伟业（《玄鸟》）；记叙了商民族的发祥史（《长发》）；记叙了武丁伐楚，复兴殷国的历史（《殷武》），因而也可视作商民族的史诗。

最后，附录《左传·襄公二十九年》"季札观乐"来体会一下当时《诗经》演奏的盛况：

吴公子札来聘……请观于周乐。

使工为之歌《周南》《召南》，曰："美哉！始基之矣，犹未也，然勤而不怨矣。"

为之歌《邶》《鄘》《卫》，曰："美哉渊乎！忧而不困者也。吾闻卫康叔、武公之德如是，是其卫风乎！"

为之歌《王》，曰："美哉！思而不惧，其周之东乎！"

为之歌《郑》，曰："美哉！其细已甚，民弗堪也。是其先亡乎！"

为之歌《齐》，曰："美哉，泱泱乎！大风也哉！表东海者，其大公乎！国未可量也。"

为之歌《豳》，曰："美哉，荡乎！乐而不淫，其周公之东乎！"

为之歌《秦》，曰："此之谓夏声。夫能夏则大，大之至也，其周之旧乎！"

为之歌《魏》，曰："美哉，沨沨乎！大而婉，险而易行，以德辅此，则明主也。"

为之歌《唐》，曰："思深哉！其有陶唐氏之遗民乎！不然，何忧之远也？非令德之后，谁能若是？"

为之歌《陈》，曰："国无主，其能久乎！"

自《郐》以下无讥焉。

为之歌《小雅》，曰："美哉！思而不贰，怨而不言，其周德之衰乎？犹有先王之遗民焉。"

为之歌《大雅》，曰："广哉，熙熙乎！曲而有直体，其文王之德乎！"

为之歌《颂》，曰："至矣哉！直而不倨，曲而不屈，迩而不逼，远而不携，迁而不淫，复而不厌，哀而不愁，乐而不荒，用而不匮，广而不宣，施而不费，取而不贪，处而不底，行而不流。五声和，八风平。节有度，守有序，盛德之所同也。"

这一大段，简单翻译一下：

吴国公子季札前来鲁国访问……请求观赏周朝的音乐和舞蹈。鲁国人让乐工为他歌唱《周南》和《召南》。季札说："美好啊！这是教化的奠基呢，但还不够完美，然而天下之人勤勉而不怨恨了。"

乐工为他演唱《邶风》《鄘风》和《卫风》。季札说："美好啊，深厚啊！忧思天下而不懈怠啊。我听说卫国的康叔、武公的德行就像这个样子，这大概就是卫风吧！"

乐工为他演唱《王风》。季札说："美好啊！忧国忧民充满勇气而无所畏惧，这大概是周室东迁之后的乐歌吧！"

乐工为他演唱《郑风》。季札说："美好啊！但它太琐细了，如此繁复的政治，百姓忍受不了。这大概会最先亡国吧。"

乐工为他演唱《齐风》。季札说："美好啊，真是泱泱大国的风范啊！这样宏大开阔的乐歌！能成为东海诸国表率的，大概就是太公吧？这样的国家，国力国运都不可限量啊！"

乐工为他演唱《豳风》。季札说："美好啊，博大坦荡！欢乐却不放纵，大概是周公东征时的乐歌吧！"

乐工为他演唱《秦风》。季札说："这就是人们说的正声啊。能正则能大，这是大的极致。大概是周室故地的乐歌吧！"

乐工为他演唱《魏风》。季札说："美好啊，悠扬婉转，中庸之声！壮大而又委婉，曲折却又流畅，用德行来辅助，就可以成为贤明的君主了！"

乐工为他演唱《唐风》。季札说："思虑幽深啊！大概是帝尧的后代吧！如果不是这样，忧思为什么会这样深远呢？如果不是有美德者的后代，谁能像这样呢？"

乐工为他演唱《陈风》。季札说："国家没有主人，难道能够长久吗？"

再演唱《邺风》以下的国风，季札就不作评论了。

乐工为季札演唱《小雅》。季札说："美好啊！有忧思而没有二心，有怨恨而不言说，这大概是周朝德政衰微时的乐歌吧？还是有先王的遗民在啊！"

乐工为他演唱《大雅》。季札说："广阔啊！温煦和乐啊。委婉而又有正直的本质，岂不是文王的大德流布啊！"

乐工为他演唱《颂》。季札说："美到极致了！正直而不傲慢，委婉而不委屈，亲近而不逼迫，悠远而不牵挂，绵延而不漫灭，往复而不厌烦，哀伤而不忧愁，欢乐而不荒淫，利用而不匮乏，宽广而不张扬，施予而不耗损，收取而不贪求，安守而不停滞，流行而不泛滥。五声和谐，八音协调；节拍有度，收放有序。这是拥有大德者共有的品格啊！"

《诗》之用：赋、比、兴

赋，就是比较直白的叙述、铺陈。这是三义中比较好理解的一个。历来学者对赋基本没有太大的争论。而以朱熹的解释较为全面："赋者，敷陈其事而直言之者也。"（朱熹《诗集传·葛覃注》）

要正确理解"赋"，不仅要抓住它"敷陈"（即铺陈）的特点，还要特别注意其"直言"的特点。也就是说，凡是"直截了当"地交代清楚，描写明白，抒发无遗的，都可以称之为"赋"。概言之，以下数端皆可以称之为"赋"的手法：

（一）所有的叙事，而无论其为顺叙、倒叙、插叙、追叙。

（二）写景（包括场面、场景描写）中的白描。

（三）抒情中的"直抒胸臆"。抒情有三种基本方法：直抒胸臆、借景抒情、托物言志。"直抒胸臆"者，正是直言。而后两种皆有所凭借——景与物，那也就不再是直言，不能算作赋了。

比，用郑众的话说就是"比方于物"，但还是朱熹的解释最为全面：

以彼物比此物也。（朱熹《诗集传·螽斯注》）

我们可以直接理解为比喻。《诗经》中用比喻的地方很多，手法也富于变化。如《氓》用桑树从繁茂到凋零的变化来比喻爱情的盛衰；《鹤鸣》用"它山之石，可以攻玉"来比喻治国要用贤人；《硕人》连续用"柔荑"比喻美人之手，"凝脂"比喻美人之肤，"瓠犀"比喻美人之齿等，都是《诗经》中用"比"的佳例。

比喻有多种。现代汉语修辞学一般根据喻体、本体及喻词出现或不出现的情形分之为"明喻""暗喻""借喻"数种，又根据其出现的位置而有"引喻"之说，还有因其一物多喻而称之为"博喻"。但这些并不重要，重要的是，比喻有两个本质上的特点必须明白：

（一）彼物和此物之间既构成比喻关系，则两者之间必有相似点。

（二）两者又必非同类，因为若是同类，则只是类比。举一例说明：

1. 姑娘长得像朵花。
2. 姑娘长得像她妈。

前者为比喻，而后者仅是类比。同样《诗经·卫风·硕人》中"齿如瓠犀"为比喻，而若说"她的上排牙齿像下排牙齿一样白净整齐"即为类比。

兴，是一个最难说明白的问题。历来学者在这个问题上的争论最多，了不相关越说越玄，让我们越糊涂的东西也最多。所以要想比较轻松地了解"兴"这个概念，我们先要做一些清除的工作，这包括先要把名为"兴"，但是实际上指的是其他概念的说法剔除。比如：

> 文已尽而意有余，兴也。（钟嵘《诗品序》）

这里所讲的"兴"实际上是"兴观群怨"之"兴"，即"诗可以兴"的"兴"，是指读者在阅读时产生的联想，以及自身受到的感动激发，而不是作者在诗中所用的修辞手法。

除了这一类完全弄错了"兴"之真正所指的错误外，关于"兴"，历来学者的观点大体分为两种：一种是作为诗歌创作开头的形式，另一种是比喻，等同于"比"。

对于这第二种说法，一般认为"兴"即"比"，比兴不分，所以，"比兴"在中国古代诗歌批评中往往连用，而"比兴"连用为一词时，它的内涵也就是"比喻"。这实际是"取消法"，即取消了"兴"这个概念的特指，使其无特别关照、研究之价值。

而关于第一种说法，历来学者注意到了"兴"在诗歌中的位置。同时，我们还会发现，"兴"往往出现在"风"中，在"雅"

"颂"中非常少见。综合这两点，如果我们能深入思考，就会明白，这实际上是民歌中的基本手法。现在仍在传唱的民歌也常常使用此法。这也很好理解：民歌很多是先在野外歌唱而口耳相传的。一个歌者在野外，突然有了兴致，有了引吭高歌、一抒感慨的冲动，他（或她）总是——

先言他物以引起所咏之词（辞）也。（朱熹《诗集传·关雎注》）

为什么？很简单，这不过是给远方听者提个醒：我要开始唱歌了，你注意听。所以，作为"先言"（实际上是先唱）的"他物"，其作用只是"引起"听者的注意，唤起听者对自己将要表达的思想感情的关注。因此，"兴"往往是没有实在意义的，与下面真正要唱的"所咏之辞"往往了不相干，当然也可以相干。我们设想一下，在野外猛听远方有人唱歌，那开头的一两句常常是没有听清的，从交流的角度讲，我们总不能让对方再唱一遍（这就是口耳相传与文字材料的不同，文字材料我们可以重看一遍，这也可以说明为什么在《雅》《颂》中没有此类"兴"，因为它们不是在野外，而在室内演奏。大家正襟危坐，做好了听歌的准备，所以无需提醒注意）。所以，从唱者而言，他就"先唱他物"以引起注意，然后再唱真正要表达的情怀，可以让听者听个完整清晰。

其实，我们细心看历史上关于"兴"争吵得不亦乐乎的两者，他们之间也没有太多对立的地方。大家都承认"兴"是诗歌创作中一种起头的方法，从一事物过渡至另一事物。争论的焦点无非在于那个"先言之物"到底有没有寓意。我们在明白了"兴"之缘起后，这类问题也就不是问题了。

第二章

大众的心情

父　母

关于人与父母的关系，司马迁曾这样表述——

夫天者，人之始也；父母者，人之本也。人穷则反本，故劳苦倦极，未尝不呼天也；疾痛惨怛，未尝不呼父母也。（《史记·屈原贾生列传》）

孔子在谈到子女为父母服丧的时候，解释子女为何要为父母服丧"三年"，他说那是因为——

子生三年，然后免于父母之怀。（《论语·阳货》）

司马迁的说法虽然出于他独具慧眼的人生观察，来自日常生活中的有趣而又普遍的现象，但他从人的特殊经历（穷、疾痛惨怛）及瞬间本能反应（如人在突然受到惊吓时，往往脱口而出：妈呀！）而概括出来的"父母者，人之本也"，还是显得有些哲学化甚至玄学化了。孔子倒是试图回到自然的血缘感情上去，但孔子这样解释"三年"的时限，也很勉强，并且有还债、交易的味道，反而不大有人情味了。何况他老人家给我们开的账单也不够明晰。"子生三年，然后免于父母之怀"，如果指孩子不到 3 岁，不能脱离父母的提携搂抱而自行行走，则嫌太晚（孩子应该在 1 岁左右即可行走）；如指孩子仅在 3 岁之前需父母照顾， 3 岁之后则可免于照拂，则又嫌太早。即在今日，孩子也要到 18 岁才有完全的人格和经济的独立。更有在法律上不清楚的是，这三年是指三周年，还是仅跨三个年头？

　　其实呢，孔子要教训宰予，他手头就有最好的教材，在他的教本《诗经》中，就有关于子女感恩父母的十分感人的表达。他何不用《诗经》中的相关的诗来说明子女与父母的自然情感呢？请看这样一首诗，是否比孔子的说法更能触动我们的情怀——

蓼蓼者莪，　　宿根上生，宿根中养，茂密的莪草，

匪莪伊蒿。　　你难道不是娇生的莪草而是贱生的野蒿？

哀哀父母，　　哀哀伤怀我的父母双亲，

生我劬劳。　　生我养我何其辛劳。

蓼蓼者莪，　　宿根上生，宿根中养，茂密的莪草，

匪莪伊蔚。　　你难道不是惯养的莪草而是贱长的蒿蔚？

哀哀父母，　　哀哀伤心我的父母双亲，

生我劳瘁。　　生我养我多么劳瘁。

…………

无父何怙？　　家中无父我何依？

无母何恃？　　家中无母我何靠？

出则衔恤，　　出门口中衔悲辛，

入则靡至。　　进门空寂疑未到。

父兮生我，　　父亲啊，养活了我，

母兮鞠我。　　母亲啊，抚育了我。

拊我畜我，　　抚爱我啊养护我，

长我育我。　　喂大我啊育成我。

顾我复我，　　顾恤我啊拉扯我，

出入腹我。　　出门进门抱着我。

欲报之德，　　我想报答这恩情，

昊天罔极！　　父母恩情比天大！（《小雅·蓼莪》）

　　这种哀哀之深情，"欲报"之厚意，不比什么"子生三年，然后免于父母之怀"有说服力吗？它来自现实的世俗生活，来自我们所有人的人生经历。它所展示的，是生活中正在发生的，也是我们记忆中永难泯灭的。这种表述朴实而感人，琐屑而亲切，是我们每个人心中所有而口未能言或未及言的。这是诗人的表述，不同于史家司马迁和伦理学家孔子的表述，它诉诸我们的感情而不是理智。古往今来，有多少孝子贤孙在读这首诗时，莫不感怀万端，悲不自禁？

　　不过，司马迁的说法虽然哲学化，但也因此而极富概括性。父母是我们来之所自，是我们生命的起源和因缘，并且，在很长的时间里，也是我们的庇护者。父母给了我们小小的肉身生命，也给了我们一个家，我们最先的安全感就来自父母的庇荫。借用孔融之子的话，父母就是巢。而我们是巢中之卵，一个丧失父母的孩子，汉语的表达就是孤露之人——孤露者，孤零零毫无畜护地露于野外也。这种童年的安全经验会影响人的一生，我记不清是哪一位希腊英雄了，在痛苦万分之际竟请求母亲允许他再回到她的子宫中去。《诗经》中我们倒没有见着这种极端的表述——这可能与我们的民族的性情有关——但《诗经》也让我们看到，在人生的种种痛苦中，在陌生环境下的寂寞中，在寄人篱下时或被人遗弃时，我们最先想到的，就是自己的父母。

远离故乡者最思念的当是父母，因为他知道，最牵挂自己的就是父母。当他在异国他乡眺望家乡时，父母也会在家乡那边向远方眺望，并为子女默默祈祷：

陟彼岵兮，　　登上青山岗啊，

瞻望父兮。　　我把父亲望。

父曰："嗟！　　听到父亲在说话："唉！

予子行役，　　我的儿子去服役，

夙夜无已。　　早早晚晚不得息。

上慎旃哉，　　我祝愿他多保重，

犹来无止！"　快回故乡莫栖迟。"

陟彼屺兮，　　登上秃山顶啊，

瞻望母兮。　　我把母亲望。

母曰："嗟！　　听到母亲在念儿："唉！

予季行役，　　我那小儿去服役，

夙夜无寐。　　白天黑夜不得睡。

上慎旃哉，　　我祈愿他多保重，

犹来无弃！"　快回莫把爹娘忘！"（《魏风·陟岵》）

亲人之间是互相念叨的，父母与子女尤甚。游子在外，思念双亲时，总是这样揣想：

料得家中深夜坐，还应说着远行人。（白居易《至夜思亲》）

回归故乡，回到父母身边去，便是远行人朝思暮想的心愿——

黄鸟黄鸟，　　小黄鸟呀小黄鸟，

无集于榖，　　不要在那楮树落，

无啄我粟。　　不要啄食我的粟。

此邦之人，　　这个邦国里的人，

不我肯榖。　　不肯对我善意交。

言旋言归，　　回转去吧回家去，

复我邦族。　　回到我的家邦去。

…………

黄鸟黄鸟，　　小黄鸟呀小黄鸟，

无集于栩，　不要在那栎树落，

无啄我黍。　不要啄食我的黍。

此邦之人，　这个邦国里的人，

不可与处。　不能与之打交道。

言旋言归，　回转去吧回家去，

复我诸父。　回到叔伯家里去。（《小雅·黄鸟》）

也许是身处农业文明的原因，缺少契约保护，仅仰仗家族、血缘来确立自己在社交场合上的地位和利益分成的古人，确实对故乡更加依恋。这种依恋已不仅仅是感情上的，更多的则是利益上的，我们只有在父母之邦，才能从父母那里分配到社会资源。从这个意义上说，孔子的"父母在，不远游，游必有方"，可能不仅是出于孝道的考虑。我们只有在父母之邦，才有安全感、归属感，才会被人认同，而不遭到排斥。可是女孩子一旦长大，总要出嫁。

女子有行，远兄弟父母。（《卫风·竹竿》）

这就是"哭嫁"的心理根源。为什么女子"哭嫁"，而男子不"哭娶"？因为嫁为出嫁，要离开父母，而娶为娶入，仍在家族之内。对女子而言，组成新家的前提就是离开旧家，真是"其成也，毁也"（《庄子·齐物论》）。这时我们只怪这自然法则太冷酷，不让我们永远待在父母身边，而一定要远嫁他方，做陌生人的新娘：

父兮母兮，	我的爹啊我的娘，
畜我不卒。	何不把我终身养。
胡能有定？	他的品性哪有定啊？
报我不述。	对我实在不像样啊！（《邶风·日月》）

这种所嫁非人、遇人不淑的情况太常见了啊，她也只有逃归娘家这一条路——这是寒冷人生永远温暖的一角——

我行其野，	我行在荒野，
蔽芾其樗。	臭椿枝叶茂。
昏姻之故，	只因婚姻故，
言就尔居。	到你家里住。
尔不我畜，	你却不要我，
复我邦家。	哭向娘家去。（《小雅·我行其野》）

是的，别人可能不畜我们，不穀（善待）我们，但父母，永远会照拂我们。

岂止女子出嫁？男子出外谋生，更是常常遭到冷遇甚至为难。

绵绵葛藟，	绵绵的葛藤，
在河之浒。	缠定河边生。
终远兄弟，	我却远离兄弟呀，
谓他人父。	把别人叫父亲。

| 谓他人父， | 就是把他叫父亲， |
| 亦莫我顾！ | 他还对我不关心！ |

绵绵葛藟，	绵绵的葛藤，
在河之涘。	缠定河岸生。
终远兄弟，	我却远离兄弟呀，
谓他人母。	把别人叫母亲。
谓他人母，	就是把她叫母亲，
亦莫我有！	她也对我没情分！（《王风·葛藟》）

寄人篱下者，往往只能低声下气，甚至低三下四，为的就是博取别人的顾惜，希望彼此建立情分。但这种后天的情分，是可遇而不大可求的。汉乐府民歌中也有这样的远离父母照拂的苦恼——

翩翩堂前燕，冬藏夏来见。
兄弟两三人，流宕在他县。
故衣谁当补，新衣谁当绽？（《艳歌行》）

这时兄弟们怎能不怀念那"临行密密缝，意恐迟迟归"（孟郊《游子吟》）的慈母？

| 凯风自南， | 南方和风轻轻吹， |
| 吹彼棘心。 | 风中酸枣慢慢长。 |

棘心夭夭，	棵棵枣树长得旺，
母氏劬劳。	累坏你了我亲娘。
凯风自南，	南方和风柔柔吹，
吹彼棘薪。	风中酸枣长成柴。
母氏圣善，	我娘慈祥又善良，
我无令人。	我无善行不成材。
爰有寒泉，	何处寒泉彻骨凉，
在浚之下。	泉水就在浚城下。
有子七人，	我娘枉生七个儿，
母氏劳苦。	七儿拖累苦了娘。
睍睆黄鸟，	美丽黄雀啾啾鸣，
载好其音。	小鸟还有好歌声。
有子七人，	我娘枉有七个儿，
莫慰母心。	没人能慰娘的心。（《邶风·凯风》）

为了我们众多兄弟，母亲多么劳苦，可是我们无能，我们不才。我们除了愧疚，却不知如何能报答母亲的恩情。

而有时我们不能报答父母，却是由于我们被差使：

肃肃鸨羽，	鸨鸟梳羽沙沙响，

集于苞栩。　　飞来落在栎树上。

王事靡盬，　　王家差事没个完，

不能艺稷黍，　　没法回家种食粮，

父母何怙？　　父母要拿什么养？

悠悠苍天！　　悠悠苍天你在上！

曷其有所？　　何时我能回家乡？

肃肃鸨翼，　　鸨鸟振翅沙沙响，

集于苞棘。　　飞来落在酸枣枝。

王事靡盬，　　王家差事没个完，

不能艺黍稷，　　没法回家种粮食，

父母何食？　　父母能拿什么吃？

悠悠苍天！　　悠悠苍天你在上！

曷其有极？　　什么时候能了结？

肃肃鸨行，　　天上鸨鸟飞成行，

集于苞桑。　　飞来落在桑树头。

王事靡盬，　　王家差事没个完，

不能艺稻粱，　　没法回家种庄稼，

父母何尝？　　父亲母亲怎糊口？

悠悠苍天！　　悠悠苍天你在上！

曷其有常？　　什么时候是个头？（《唐风·鸨羽》）

　　这种由于"朝夕从事……王事靡盬"而"忧我父母"（《小雅·北山》）的悲剧，近于后人所说的"忠孝不能两全"。而我们特别要注意的是，当我们听人说"忠孝不能两全"时，他总是牺牲"孝"而成就"忠"，也就是说，他选择牺牲父母而维护君主。这种选择历来受到褒奖。但我疑心的是，父母于我们的感情是自然的，这不仅来自血缘，而且还来自父母长期"拊我畜我，长我育我。顾我复我，出入腹我"；而我们对所谓君主的"忠"，对所谓"王事"的责任，是由于什么？黄宗羲著《原君》，说到"君"乃天下之大害，他为了满足一人之淫欲，敲剥天下之骨髓，离散天下之子女。我看还要加一句，他还剥夺我们对父母的情谊，他就是人间社会的"黑洞"，把一切都吸向他，而他却不发出一点光和热！司马迁说到人不能不敬的"人之始"与"人之本"，只述及"天"与"父母"，而没有什么"君"，我不知道是什么人，排出什么"天地君亲师"，一定要在我们的头上加上一个"君"，且还排在我们父母（"亲"）的上面？为什么总有人让我们"大义灭亲"，却没人敢说"大义灭君"？

　　顺便说一下，孔子可是坚决反对"父攘羊而子证之"的所谓"大义"的。他提倡"父为子隐，子为父隐"，他就是要维护父子情深这一人间社会的最基本的亲情，哪怕是触犯"王"法！在所谓国家（其代表即是"君"）法度与父子亲情之间，他老人家选择的是亲情。就凭这一点，我就认定他果然是圣人。在历史上，哪个"灭亲"的孽种有好下场？而敢于"舍得一身剐，敢把皇帝拉下马"而"灭君"的，如灭夏桀的商汤，灭商纣的武王，灭秦的项羽，哪个不是大英雄？哪个不是流芳百世？至于那将"君"灭得干脆绝了种的孙中山，更是自古以来第一伟男子，被我们尊称为"国父"！你看，"父"仍在，而"君"早已灰飞烟灭，而灭"君"之人，我们就称之为"父"，且是一国之"父"！是的，除了天地，谁想爬到我们父母头上，我们就掀翻他，踏灭他！

妻　子

　　妻者，齐也。这个"齐"，是平等的意思，齐备的意思，也是齐心的意思。"齐家"之"齐"也是这个"齐"。

　　妻乃男人之匹配，是那一半。一个人，匹配之后，他的人生方为"齐备"。一般男人，与其妻是平等的，只有天子、皇帝，才"天子无妻"，他们太高大了，没有人敢跟他们"齐"，所以他们的匹配叫作"后"。这个"后"，《说文》段注即说，"后之言後"，"后即後之假借"，也就是往后站的意思吧！而一般男人，是要与妻平齐、齐心、协力同行的。

　　死生契阔，与子成说。

　　执子之手，与子偕老。（《邶风·击鼓》）

　　——你我生死在一块，立过的誓言不会改。深情牵着你的手，与你到老不分开。这是写夫妻而最为深情的一首诗，是有关夫妻之情的经典之作。《诗经》确实是人类情感的经典。各类情感，我们都可以从中找到最古老却又最经典的表述，可以让我们一代一代反复吟咏，赋"诗"言志，借"诗"抒情。我记不清是哪个地方的方言，还是哪个少数民族的语言了，夫妻互称"牵手"，让人心中怦然而动。但这个如此美丽的词，极有可能便是来自《诗经》中的这首诗。

黾勉同心，	一心一意跟你过，
不宜有怒。	不要随便对我怒。
采葑采菲，	葑菲叶好根也甜，
无以下体？	哪能吃叶丢了根？
德音莫违，	有恩有义莫相违，
及尔同死。	我俩恩爱同生死。（《邶风·谷风》）

　　女人是极易在婚姻中得到归属感的。这种潜在心理可能是上帝在女性大脑中埋伏的生物指令，她们以此成为男人的爱人、伴侣，并生死以之。上帝是多么爱亚当啊！亚当若要感恩上帝，便一定要爱夏娃，爱这上帝的礼物。人类感念上帝恩德的表现，便是发明了婚姻，用人间契约的形式，体现上帝的意志。我在想，婚姻极可能是夏娃向上帝讨得的承诺。从母系社会到父系社会，女人让出了统治社会的权力，但她们要求男人以婚姻的形式保障她们自身的安全。婚姻是神圣的盟约，当一个女人与一个男人缔结婚姻时，她是把这男人看作她终身的依靠的。甚至哪怕这个男人可能不是她自由恋爱的人，她也极易在这种状态下对这个男人产生极强的依恋。她知道"良人者，所仰望而终身也"（《孟子·离娄下》）。那个卫国的多情女，即便在嫁人的当天，仍然在向那个娶她的男人讨要婚姻

坚固的神灵启示：

尔卜尔筮，体无咎言。（《卫风·氓》）

——你卜也占了，卦也算了，结果都显示出神灵对我们的良好祝愿。这时，她才放心地让对方：

以尔车来，以我贿迁。（《卫风·氓》）

用马车装走她的嫁妆，装走她少女的梦想，远赴淇水那边，做他的新娘。所以，在新婚之夜，良辰美景，初为人妇的新娘，带着对幸福的憧憬，望着眼前憨敦敦的男人，简直不知道如何爱他才好了：

绸缪束薪，三星在天。
今夕何夕？见此良人。
子兮子兮，如此良人何！（《唐风·绸缪》）

——一束柴枝缠缠绵绵，参星闪烁在那高天。今夜为何如此不同寻常日？让我见着这般的好人。你啊你啊！我拿这好人怎么办啊！

到了第二天，她越发娇羞，她爱意越深，在她那"良人"眼里，简直有些痴傻：

东方之日兮，彼姝者子，在我室兮。

在我室兮，履我即兮。（《齐风·东方之日》）

——东方红日冉冉升起，那个姑娘多清纯美丽。一觉醒来，她就在我的屋里了！她在我的屋里了，依我恋我跟着我，寸步不离伴着我，踩着我的脚印走！

这种女人，不仅让男人生大怜惜心，且让男人起大责任心，有大成就感。生活中被这样的一个女子如此依恋，真是幸福无比。

好妻子是我们生活的帮手，是我们"齐家"的依靠，她们更恋家，更维护家，所以她们操持家务，任劳任怨：

三岁为妇，靡室劳矣。

夙兴夜寐，靡有朝矣。（《卫风·氓》）

——多年做你的媳妇啊，从不以繁重的家务为苦。早起晚睡，没有一天不这样。

我们的学者们在谈到中国古代妇女的地位时，总是要说她们没有经济来源，从而不能独立。这当然有一定的道理，但我要提醒大家的是，在历史上，除了贵族人家的女子与她们的男人一样不事生产外，普通人家的女子从不吃闲饭。妻子们没要她们的丈夫养活，她们的劳动与付出，已大大超过她的消费。而且，她们不仅帮家庭打理家务，帮家庭聚积家财，还帮家庭协调各方关系，关照邻里亲戚，帮家庭积聚名声与德望：

> 就其深矣，方之舟之。
> 就其浅矣，泳之游之。
> 何有何亡，黾勉求之。
> 凡民有丧，匍匐救之。（《邶风·谷风》）

——好比过河遇深水，用船用筏来摆渡；好比过河遇浅滩，下去游泳泅过去。家里无论贫与富，我都努力来操持。只要他人有了难，我奔走救助不延迟。——要做到这样，不仅要有一颗爱心、耐心，且还需要相当的能力。

有这样的妻子，你在父母、兄弟、亲朋好友中是如何自在、如何体面？男人的福气至少一半来自他的妻子。只是我们千万不要"身在福中不知福"，像这首《谷风》中的女子的男人，或像《氓》中的那个自私而暴躁的"氓"。唉，对这样的臭男人，我只能学着基督徒的口吻，对他们给以怜悯："上帝啊，原谅他们。他们不知道他们在干什么。"

培根曾经一针见血地说：

> 有妻与子的人已经向命运之神交了抵押品了。（《论结婚与独身》）

我们必须努力生产以有所收益，要知道，养父母、畜妻子是我们人生的责任，即便是统治者，若他想做个明君、得到百姓的支持，也必须：

制民之产，必使仰足以事父母，俯足以畜妻子。（《孟子·梁惠王上》）

这是亚圣孟子的告诫，当然，我们的妻子也会时时提醒我们这个责任——在这时，妻子就是我们的监工——

女曰："鸡鸣。"士曰："昧旦。"子兴视夜，明星有烂。（《郑风·女曰鸡鸣》）

鸡叫了，天亮了，你该起床了。小时候，父母喊我们起床，对我们睡懒觉的行为进行惩罚，现在轮到妻子了。她们总是比我们醒得早，并且摇醒我们，催促我们出工或上朝——

鸡既鸣矣，朝既盈矣。匪鸡则鸣，苍蝇之声。（《齐风·鸡鸣》）

——鸡叫了，天亮了，上朝的人声鼎沸了。鸡叫声是不是所有懒虫最讨厌的声音？他们总是睡意绵绵，不愿睁眼，还自欺欺人地找各种借口来拖延那千金一刻。但她们总是有正当的理由，她们是为我们着想。这时，她们又像是我们的牧师。

弋言加之，与子宜之。

宜言饮酒，与子偕老。

琴瑟在御，莫不静好。（《郑风·女曰鸡鸣》）

——你去用箭射大雁，我来为你做烹调。喝着美酒就野味，祝福我俩同到老。你弹琴来我鼓瑟，我们的生活多美好。听了这样的起床铃，我们还能不睡意全消，爱意充溢，干劲十足，一爱妻子，二爱劳动？

更温柔的还是《齐风·鸡鸣》：

虫飞薨薨，甘与子同梦。会且归矣，无庶予子憎。

——我多想在虫声中与你一同做梦！可是朝会都要散了，你不去，不是要受责罚吗？在正常的家庭中，妻子一定会催我们起床去做事。溺爱子女的父母是有的，惯坏男人的妻子则不大有，如果有，那也往往是因为她还不善于做妻子。如果说，是责任感使男人像个男人，那么，教会男人懂得这一点的，便常常是妻子。男人在古汉语中称"丈夫"，现代汉语中的"丈夫"则是与"妻子"对应的关系词，即有"妻子"才有"丈夫"，"丈夫"是妻子的"丈夫"。如果把古今汉语综合起来看，很有意思：有妻子才有丈夫——是妻子让男人成为名副其实的"丈夫"。父母的溺爱可以培养出"小男人"，妻子的督责则往往使男人成为"大丈夫"。培根在《论结婚与独身》一文中说：妻子是青年人的情人，中年人的伴侣，老年人的看护。那么，他岂不是在说男人在人生的任何阶段，都不能没有妻子？

没有妻子，使青年人苦闷而没有成就感，使中年人孤单而缺少生活与事业上的辅佐，使老年人凄凉而寂寞。"知好色则慕少艾"（孟子），这种自然的生理与心理上的冲动与欲求是上帝安排在我们体内的指令。

人要离开父母，与妻子结合，二人成为一体。（《旧约全书·创世纪》）

可人间总有不得娶之男人与不得嫁之女人。这是人间的强权者违背上帝的意愿，使其成为旷夫怨女。

靡室靡家，猃狁之故。不遑启居，猃狁之故。（《小雅·采薇》）

没有妻室没有家，这是猃狁入侵造成的。掠夺性的战争与征伐，无休无止的兵役与徭役，造成了多少旷夫与怨女？难怪孟子在与齐宣王讨论"好色"问题时，他提醒宣王要将心比心，"王如好色，与百姓同之"，使百姓也能有色可好，有妻可娶，有夫可嫁，从而使"内无怨女，外无旷夫"，这样，"王道"便实现了。这哪里是行什么"王道"？这只是最基本的"人道"。要知道，对男人而言，有妻是上帝赐给我们的福分，在我们一生的所得中——

惟有贤惠的妻子，才是耶和华赐给的。(《旧约全书·箴言》)

记住：娶妻、建立家庭这种福分我们不能放弃。

兄　　弟

"兄弟如手足"，这是流传很广的一句话，"手足情深"这个成语也是说兄弟的。上阵要靠父子兵，打虎还要亲兄弟，说的就是这种由"同胞"而自然生成的互相关心的情感。"同胞"或"同胞兄弟"的称呼就说明了兄弟的关系源自父母，所以也仅次于父母。《魏风·陟岵》写一个游子远涉他乡，行役在外，思念故乡，就幻想家人也在思念他。全诗共三章，第一章写父亲在家里念叨他，第二章写母亲在家里牵挂他，第三章就是写兄长在家里关心着他：

> 陟彼冈兮，瞻望兄兮。
> 兄曰："嗟！予弟行役，
> 夙夜必偕。
> 上慎旃哉，犹来无死！"

——登上那高高的山冈，把我的兄长眺望。兄长在家里念叨：唉！我的弟弟出外服役，日日夜夜辛劳不休。我还是祈求他多保重呀，勿死在外早回乡！

在家中为我们嗟叹，希望我们在外谨慎做人处世，希望我们平安回家的，除了父母，就是兄弟了。

> 有杕之杜，其叶湑湑。
> 独行踽踽。岂无他人？不如我同父。
> 嗟行之人，胡不比焉？
> 人无兄弟，胡不佽焉？ （《唐风·杕杜》）

——有棵赤棠孤特生，它的叶子郁森森。一人伶仃行世间，身边难道无他人？不如同胞兄弟亲。可怜可叹漂泊人，谁来和他并肩行？一人若无兄和弟，为何没人来帮衬？

所以，寄居他乡而不能融入当地生活的人，总是在想着：转过身来回家去，回到兄弟的身旁。

> 言旋言归，复我诸兄。（《小雅·黄鸟》）

孟子曾叙及人生的三大快乐，其中第一条即"父母俱存，兄弟无故"，并说这种快乐是连称王天下也不换的。我很奇怪亚圣为什么不提妻子（妻子儿女）。但这是另一个问题。也许他只想告诉我们，兄弟是我们人生幸福的重要要素。我们要人生圆满，便不能少了兄弟。

亚圣是这样，圣人怎么说呢？《论语·颜渊》中有这样的一则：

> 司马牛忧曰："人皆有兄弟，我独亡。"子夏曰："商闻之矣：

死生有命，富贵在天。君子敬而无失，与人恭而有礼，四海之内，皆兄弟也。君子何患乎无兄弟也？"

司马牛因为没有兄弟，而至于忧虑，一为无亲，二为失助。子夏为了安慰他，说他从老师孔子那里听到，一个人只要处事认真而得当，待人恭敬而有礼，就可以使"四海之内，皆兄弟也"，从而说明君子不为无兄弟而担心（这与孟子的"得道多助"观是一致的）。但子夏为安慰司马牛而说的"何患乎无兄弟"，其实是建立在"四海之内，皆兄弟也"的前提下的，他的话倒更证明了兄弟之重要。圣人就是圣人，他知道兄弟亲情的可贵，以至于要使四海之内，人人相亲如兄弟，这就是博爱了。

其实呢，照司马迁的说法，《诗经》就是孔子在古诗三千的基础上删编而成的，敢情他老人家在筛选古诗时，是有意地保留了一大批吟咏兄弟之情的诗篇的。

我们若认真读一读《诗经》中写到兄弟的诗篇，就会发现，除了专门用以欢宴兄弟的乐歌《小雅·棠棣》外，其他写到兄弟的，都与父母（如上引《陟岵》）、家族（邦族）、诸父等联系在一起，这说明兄弟之情主要源于血缘，以及主要建立在血缘基础上的社会基层组织及其组成方式。

兄弟昏姻，无胥远矣。（《小雅·角弓》）

兄弟关系是父母血亲的延伸，是父母婚姻的产物。

夫有人民而后有夫妇，有夫妇而后有父子，有父子而后有兄弟。一家之亲，此三而已矣！自兹以往，至于九族，皆本于三亲焉，故于人伦为重者也，不可不笃。(《颜氏家训·兄弟》)

夫妇、父子、兄弟，是九族之亲的基础，是人伦之重。在中国古代农业社会里，以血缘关系组成的网络是我们生存的背景、安全的保障、权利和义务的对象。我们把这种社会称为"宗法社会"，这种"血缘政治"与"地缘政治"的区别在于，人是以血缘关系来确定自己的政治地位与经济地位的。血缘几乎是我们幸福与权利的保障。

为了更好地说明这一点，我们似乎必须做一点简单的比较，来看看大陆型宗法社会与海洋型地缘政治的区别。我把一段现成的文字引用在下面，这是英国历史学家汤因比在其名著《历史研究》中的分析：

跨海迁移的第一个显著特点是不同种族体系的大混合，因为必须抛弃的第一个社会组织是原始社会里的血族关系。一艘船只能装一船人……很可能包括许多不同地方的人——这一点和陆地上的迁移不同，在陆地上可能是整个血族的男女老幼家居杂物全装在牛车上一块儿出发，在大地上以蜗牛的速度缓缓前进。

想想我们祖先在陆地上的迁移，比如公刘迁豳、古公亶父迁岐（周原），真的是"整个血族的男女老幼家居杂物全装在牛车上一

块儿出发"。一块儿出发又一块儿在新的居住地落户的，还有那根
深蒂固的盘根错节的血族关系。我们的迁移，改变的只是生存的自
然环境，不变的是社会环境——我们把它们原封不动地整体位移到
了我们新的居住地。而那些希腊的殖民者是怎样的呢？汤因比继续
分析道：

> 跨海迁移的苦难所产生的一个成果……是在政治方面。这种新
> 的政治不是以血族为基础，而是以契约为基础的……他们在海洋上
> 的"同舟共济"的合作关系，在他们登陆以后好不容易占据了一块
> 地方要对付大陆上的敌人的时候，他们一定还和在船上的时候一样
> 把那种关系保存下来。这时……同伙的感情会超过血族的感情，而
> 选择一个可靠领袖的办法也会代替习惯传统。

我的引文转引自顾准的《希腊城邦制度——读希腊史笔记》，
这段文字主要说明了在希腊的这些海外殖民地上，人们更讲究的是
"同舟""同伙"关系——不同种族体系混合在这一共同的"舟"
里，人们需要用大家共同制定、共同遵守的契约来协调大家的利
益。而在我们这块大陆上，聚族而居的农耕生活方式使我们更讲究
"同胞""同父""同宗"，有宗法来协调我们，而用不着什么契
约。当然兄弟之间的血缘之情，若无现实中的政治、经济利益相捆
绑，当会松散，或演变为一种纯粹的感情认同。相反，若在现实中
发生了利益的冲突，如在继承权问题上发生矛盾，则会令兄弟
反目：

此令兄弟，绰绰有裕。

不令兄弟，交相为愈。(《小雅·角弓》)

——那一对亲睦兄弟，感情裕如深厚，那一对反目兄弟，却只有互相拆台。这也是生活中常见的现象。圣帝如舜，也有太不像话的混账弟弟，整天想着谋害兄长，霸占二嫂。圣臣如周公，也有管叔、蔡叔这两个不长进的弟弟，勾结仇敌与兄长作对。《左传》中记兄弟亲爱者有之，兄弟反目者亦不少见，其开篇《隐公元年》即记郑庄公与其弟共叔段之间的兄弟相残。韩非子则从"人性本恶"的法家观点出发，发现了富贵之家的兄弟们往往为了争权夺利而反目成仇。从某种意义上说，《左传》是韩非子抽象世态形成观点的生动素材，也是其观点最好的佐证材料。这里我们只举先秦的例子，不然就举不胜举了。但是这一切都不能有损于兄弟对于人及人生的价值。在很多情况下，由于兄弟之间有共同的家族利益，虽然内部会发生争竞，然一旦外来威胁出现时，还是会联手抵抗：

兄弟阋于墙，外御其务。

每有良朋，烝也无戎。(《小雅·常棣》)

——兄弟内部有争斗，外患来了同心御。常有很多好朋友，总是不来相帮助。

虽然在平时，朋友或许会胜过兄弟：

虽有兄弟，不如友生。（《小雅·常棣》）

但在"急难"方面，总是兄弟更为十指连心：

脊令在原，兄弟急难。
每有良朋，况也永叹。（《小雅·常棣》）

——鹡鸰困在陆地，兄弟急着救难。常见要好的朋友，只是帮我长叹。

所以我们不会觉得"同伙的感情会超过血族的感情"：

常棣之华，鄂不韡韡。
凡今之人，莫如兄弟。（《小雅·常棣》）

——常棣开花呀，花色鲜艳。当今的人呀，好不过兄弟。

岂止是一般人比不上兄弟呢，甚至连夫妻的感情也不及兄弟之情：

宴尔新婚，如兄如弟。（《邶风·谷风》）

这是一个弃妇的怨言，当她被弃时，她的丈夫则正弃旧迎新。值得我们注意的是，她叙及她丈夫爱他的新人，竟然恩爱如兄弟，使她醋意大发，痛苦非常。如以后世常情看，夫妇应亲于兄弟，而此地却用兄弟之情来喻新婚之恩爱，可见当时"血族"之亲的重要。钱锺书在叙及此意时说：

就血胤论之，兄弟，天伦也，夫妇则人伦耳；是以友于骨肉之亲当过于刑于室家之好。新婚而"如兄如弟"，是结发而如连枝，人合而如天亲也。（《管锥编》第一册《毛诗正义》之十七）

这种兄弟胜过夫妻的观点在当时条件下，有其必然性与合理性，但发展到最后竟至于让一种谬论流行天下，不能不说是文化上的变种与悲哀：

兄弟如手足，妻子如衣服。衣服破，尚可缝；手足断，安可续？（《三国演义》第十五回）

这是那貌似忠厚的大伪君子刘备的名言。我想，兄弟如手足，当然不错，但一定要以"妻子如衣服"来做反衬，就很失公允。我们尽可以：

兄弟无远。　兄弟不要疏远。（《小雅·伐木》）

但何至于一定要贬低妻子？这样做不但不会使兄弟情分增值，倒使其变味。我们为什么不能既爱妻子，又爱兄弟？

妻子好合，如鼓琴瑟。

兄弟既翕，和乐且湛。（《小雅·常棣》）

　　妻子儿女都和睦，如同弹琴又鼓瑟。兄弟姐妹亦亲密，和和美美多快乐！

　　这才是理想的境界呵！

朋　友

谭嗣同是激烈反对旧道德的猛士，但他在对旧伦常规做毫不留情的冲决的时候，却对旧道德中的"朋友之道"做了深情的回护：

五伦中于人生最无弊而有益，无纤毫之苦，有淡水之乐，其惟朋友乎！……所以者何？一曰"平等"，二曰"自由"，三曰"节宣惟意"。总括其义，曰不失自主之权而已矣。（《仁学》下）

看来，在专制与道德罗网中不能自由呼吸的旧中国，竟也存有一片平等自由的净土，那就是五伦中的一伦：朋友之道。

我发现《诗经》中叙及朋友的诗句远超过叙"父母""兄弟"的，此中消息颇值得玩味。在《诗经·大雅·抑》中，我们已被这样鼓励：

无言不雠，无德不报，惠于朋友，庶民小子。

——所有的话语都有回音，所有的恩德都有回报。施恩于朋友左右，推恩给庶民百姓。

所谓的"雠"与"报"，也就是平等的回报。五伦之中，唯一平等施报的，是朋友；而唯一不讲回报的，亦仅朋友啊。所以，该诗下面就讲到了"投我以桃，报之以李"，施惠于朋友，是出自我们自主自愿的选择，从道德的自主选择属性上说，对朋友的忠诚相助，较之于对君主的忠、对父母的孝、对兄弟的悌，都更有道德上的价值，所以，《论语》中最仗义的子路会说：

愿车马衣轻裘与朋友共，敝之而无憾。（《论语·公冶长》）

忠厚的曾参也每日反省：

为人谋而不忠乎？与朋友交而不信乎？（《论语·学而》）

这个"人"，实际也是较广义一点的朋友。就我的观察，在荀子之前，"忠"主要指一种做事尽心尽力的品行（"忠"的这个义项现代汉语中也还保存着，如"忠于职守"），而不是那让我百思不得其解，找不出逻辑关联的对君主的"忠"。我想不出那个在金銮殿里寻欢作乐、作威作福兼作恶作孽的家伙，对我们有何恩何德，一定要让我们无限地忠于他。我知道我们为什么要孝顺，因为父母含辛茹苦养育了我们（顺便说一句，在我们父母做死做活养育我们时，并不见君王来帮什么忙，倒是父母还要给他交租交税，弄得我们越发清汤寡水、食不果腹）；我也知道我们为什么对朋友如此重视、如此忠诚，这是一种值得提倡的道德行为，这种行为使人类的人际关系多了一些温馨的人情味。同时，若我们从行为科学的角度去看，又会发现，我们之所以如此重视朋友，源自我们自己对寂寞的恐惧，对知音的渴求。是的，我们的心灵总在渴求理解。

> 心之忧矣，其谁知之。
> 其谁知之，盖亦勿思。（《魏风·园有桃》）

——我们的心啊满怀忧伤，能有什么人理解同情。谁能知道我的忧伤，他大概是毫不关心。

我们需要有人知道我们的忡忡忧心，需要有人理解和肯定，没有朋友我们就没有安全感，甚至，从某种意义上说，没有朋友的肯定就不会有我们的成就感。如果我们要成就的事业是画龙，那么，朋友的肯定就是那点睛的最后一笔。事实上，我们寂寞中还可独处，但当我们有了喜事时，比如你结婚、生子、升迁、做寿，若没有一个人来向你表示祝贺和祝福，那滋味才是最难受的。朋友的祝福或起哄，定是你婚礼的高潮。

其实呢，子路的话，表现的不仅仅是"仗义"，而实在是一种心理需求。我们有了漂亮的衣服，没人欣赏，那不就如同"衣绣夜行，谁知之者"？这可是大英雄项羽的话。我曾读过一篇心理学方面的文章，说女人穿漂亮的衣服，主要不是什么"女为悦己者容"，而是要让她的小姐妹欣赏，得到她们的称羡。你看，小女人也好，大英雄也罢，一样要人肯定。我们买了一部私家车，第一件事便是开着它去朋友处招摇，带着朋友去兜风，这是多大的满足哩，得到享受的岂止是搭车的朋友？我们自己才是最大的受益者。

当然，朋友们在享受轻裘车马的同时，一定要有相应的付与，那就是他们一定要不吝啬赞美：

岂曰无衣七兮？不如子之衣。

安且吉兮！

岂曰无衣六兮？不如子之衣。

安且燠兮！　（《唐风·无衣》）

——谁说我没有六七套衣服？但不能跟你的比哩，你的衣服穿起来舒适又暖和，而且美妙！在我们的赞美里，我们的朋友有了成就感，他们准会在我们困难时"解衣衣我，推食食我"。他们会这样安慰我们：

岂曰无衣，与子同袍。(《秦风·无衣》)

岂止是袍子这样的外衣，连亵衣都拿出来与我们共享：

岂曰无衣，与子同泽（内衣）。

岂止是上衣，我们已经好到"同穿一条裤子"了——

岂曰无衣，与子同裳（下衣，裤子或裙子）。

我们穿一条裤子，就像我们的敌人骂我们的那样，但我们认为这是"同仇敌忾"——

修我戈矛，与子同仇。

这样的朋友，真够朋友，我们发自内心赞美他：

其人美且仁。（《齐风·卢令》）

"仁"是当然的了，他对我们那么仗义，而且还"美"。我们喜爱他的人品，进而就影响我们对他外貌的审美判断。我有一个朋友，总有人在我面前嘀咕他长得丑，我觉得很奇怪：他有那么丑吗？后来我觉得他不大够朋友了，跳出来看他，才发现他确实是其貌不扬。

我们可以在朋友关系中检验一下自己情操的高下。比如，当我们的朋友遭遇不幸时，我们真的感同身受地与之同悲吗？

庶见素冠兮，棘人栾栾兮，
劳心慱慱兮。

庶见素衣兮，我心伤悲兮，
聊与子同归兮。

庶见素韠兮，我心蕴结兮，

聊与子如一兮。（《桧风·素冠》）

——见你戴着孝帽啊，又黑瘦又疲劳啊，我的心痛难描啊。

见你穿着孝服啊，我的心里伤悲啊，让我把你陪陪啊。

见你穿着孝裤啊，我心酸楚楚愁结啊，让我与你同受啊。

读这样的句子，你会真切地感受到，友谊是荒凉人生废墟上的幽芳，是我们心灵的镇痛剂、忘忧草。

有这样一句话：把悲伤与朋友分担，悲伤就减了一半；把快乐与朋友分享，快乐就增了一倍。正如我在上文说的，忧伤时我们可以独自承担，快乐时则一定要朋友来捧场：

呦呦鹿鸣，食野之苹，

我有嘉宾，鼓瑟吹笙。

吹笙鼓簧，承筐是将。

人之好我，示我周行。（《小雅·鹿鸣》）

——朋友正派又正直，地位声望都很好，他们对我那么好，常常给我指正道。我有美酒和佳肴，怎能不把他们邀？鼓瑟吹笙请他们，大家一同吃个饱。我们知道，一顿饭吃得好不好，关键不在食谱，不在于吃什么，而在于我们和谁分享。要知道，在与朋友们分享自己的美食时，我们也在分享他们的美德与智慧哩！"酒肉朋友"这个词是个贬义词，它指那种平时在一起吃吃喝喝，关键时刻则往往绝情而去的所谓"朋友"。但这并不表明，真正的益友不要

酒食，恰恰相反，做朋友，"酒肉"是必要条件，不然怎么会有
"酒逢知己饮"的说法？《诗经》中宴饮诗的数量多得惊人，除了
贵族之间礼制性质的饮酒外（这种饮酒主要是道德意义与制度意
义，往往有一些当时认为很庄重严肃，今天看来有些令人厌倦的道
德训诫，不大有趣），还有大量的朋友之间的私谊形式的、感激恩
宠式的饮酒——顺便说明一下，像后代文人那样借酒浇愁式、借酒
装疯式的饮酒，在《诗经》中很少见——这种私谊式的饮酒，友谊
第一，饮酒第二，分享快乐、增进友谊、表达感激是其第一要素，
有丰盛酒食时要请朋友分享：

> 鱼丽于罶，鲿鲨。
>
> 君子有酒，旨且多。
>
> ……
>
> 物其多矣，维其嘉矣。
>
> 物其旨矣，维其偕矣。
>
> 物其有矣，维其时矣。（《小雅·鱼丽》）

——篓中有鱼活泼泼，黄鲿、小鲨一大堆。主人樽中贮美
酒，下酒还有大块肉。下面是不住口的赞美：多么可口啊，多
么时鲜啊……真是馋涎欲滴，不，已经是拖着一丈长的口
水……

本是大富之家，即使家道中落了，不能备办丰盛的酒席了，一
杯薄酒，一碟素菜，一只兔子，也可邀朋友共之：

幡幡瓠叶，采之亨之。

君子有酒，酌言尝之。

有兔斯首，炮之燔之。

君子有酒，酌言献之。（《小雅·瓠叶》）

这是庶人燕饮。幡幡瓠叶，依《毛传》说，是"庶人之菜"，礼不下庶人，庶人哪有燕饮之礼？可见是家道中落者，虽然物质上贫乏了，但贵族的旧身份还在。虽然贵族的旧身份还在，毕竟家道中落了，已不能为朋友弄一桌好酒好菜，好在朋友们并不趋炎附势，自己也并不自惭形秽，一盘炒瓠叶，一盆烧兔头，大家一样其乐融融。

有酒湑我，无酒酤我。

坎坎鼓我，蹲蹲舞我。

迨我暇矣，饮此湑矣。（《小雅·伐木》）

——咱们有酒把酒筛啊，没酒就快把酒买啊。咱们击鼓咚咚响啊，咱们跳舞嘭嚓嚓啊。趁我今朝得闲暇啊，满饮此杯及时乐啊。

我终于写到了《伐木》这首描写友谊的经典之作，我们就用它来结束这篇短文吧。让我们在那美妙的和弦中感受友谊：

伐木丁丁，鸟鸣嘤嘤。

出自幽谷，迁于乔木。

嘤其鸣矣，求其友声。

相彼鸟矣，犹求友声。

矧伊人矣，不求友生？

神之听之，终和且平。

——砍起树儿响叮叮，鸟在树上叫嘤嘤。飞出深谷来，落在大树顶。嘤嘤不停叫，是把朋友找。看那小鸟孤零零，也找朋友诉苦恼。人在世上最有情，怎能不把朋友交？神灵自会听从我，保我安详又和好。——是的，只要我们有这意愿，神灵也会保佑我们，保佑我们在这炎凉的世间找到朋友。

婚　典

哪个少女不善怀春？

哪个少年不善多情？

　　这是歌德《少年维特之烦恼》中的名句。在很多情况下，一段文字或一段话能成为名句，成为经典，不是用了什么语言上的技巧，而是因为道出了实情，道出了普遍存在的现象，并对此作出了经典性的说明。它说出的是人人心中所有，眼中所见，耳中所闻，而又未经人道的事实或道理。与歌德这两句话同样经典，却更为古老、流布可能更为广泛的则是《诗经》中的第一首《关雎》的开头四句：

关关雎鸠，在河之洲。

窈窕淑女，君子好逑。

　　这两三千年前的诗句，至今可以不用任何译释，稍微受过一些教育的人都能朗朗于口，并会意于心。大家都知道在几千年前，有一个多情的小伙子，偶见沙洲边交颈和鸣的小鸟，他好像在这一瞬间被人猛击一掌。青春在他体内蛰伏了十几二十年了吧，可就在这一刻醒来，立刻令他燥热不安，以前不经意中贮存在他大脑皮层中的一个青春美丽、窈窕多姿而又贤淑善良的姑娘突然鲜活起来，搅得他不能安生：

> 参差荇菜，左右流之。
> 窈窕淑女，寤寐求之。

他就这样毫无预料地开始了追求的行动，他躁动的血液和充满对方美丽倩影的大脑不允许他有片刻耽误，连睡梦也被对方占有了。可是，这样美丽而贤淑的姑娘总有一份矜持与谨慎，正如这位自称"君子"的小伙子要找"淑女"一样，淑女的芳心也只能暗许德行高尚的"君子"。她总要观察、考验，一要观察对方的人品，二要考验对方的真诚，三是她的芳心也要等着被感动呢。爱神之箭还没有射中她的芳心呢。这一过程哪怕足够短，也会令焦躁不安的小伙子觉得难挨：

> 求之不得，寤寐思服。
> 悠哉悠哉，辗转反侧。

那在水流中左右摇摆不定的水草，难以把握；那多变不定的少女芳心，也难以捕捉，但"求之不得"，正显示出珍贵。实际上，这只是"难得"而已。善怀春的少女也不是冰美人，也会被少年的

热情融化，终于，正如水草再摇摆滑溜，也终会被握采；美丽姑娘
的芳心，再善变不居，也终会钟情——钟情者，聚情也，定情也。
这个毛手毛脚的小伙子，这个憨厚敦诚的小伙子，这个曾经痛苦万
分而今幸福无比的小伙子，终于迎来了他的新娘：

参差荇菜，左右采之。

何等自信自得！我们在几千年后还能看到他洋洋得意的样子，
让他得意吧，这是他该得的，他经历了风雨，现在终于得到了
彩虹：

窈窕淑女，琴瑟友之。

调琴弄瑟，费心费神，终于琴瑟和鸣。

参差荇菜，左右芼之。
窈窕淑女，钟鼓乐之。

又是琴瑟，又是钟鼓，全是为了那个淑女，为了这一痛苦追寻
而又甜蜜的美满结局。婚典开始了，亲友们走上前来，唱起了《樛
木》，为他祝福：

南有樛木，　　南山上俯首的樛木，

葛藟累之。	葛藤缠绕在它身上。
乐只君子，	快快活活的君子呀，
福履绥之。	福禄缠绕着他。

南有樛木，	南山上低眉的樛木，
葛藟荒之。	葛藤覆盖在它的枝头上。
乐只君子，	快快活活的君子呀，
福履将之。	福禄提携着他。

南有樛木，	南山上弯腰的樛木，
葛藟萦之。	葛藤绕挂在它的枝头上。
乐只君子，	快快活活的君子呀，
福履成之。	福禄成就着他。

多好的比喻啊！藤缠树，树拥藤，君子淑女成新人。这是祝福歌，福是什么？君子的福是"淑女"。现在淑女如藤缠树一样，缠绕着他，那幸福没得说了。

祝完了新郎，又来祝福新娘，这次更多的是对新娘的赞美，是对随着新娘一同到来的家族好友的期待。在《桃夭》的歌声中，婚礼的气氛渐近高潮。

| 桃之夭夭， | 桃花开得红艳艳， |
| 灼灼其华。 | 如同花儿在燃烧。 |

之子于归，	这个姑娘嫁过来，
宜其室家。	对这家庭实在好。

桃之夭夭，	桃花开得好烂漫，
有蕡其实。	花心里面孕果实。
之子于归，	这个姑娘嫁过来，
宜其家室。	多么适宜这家室。

桃之夭夭，	桃花开得好妖娆，
其叶蓁蓁。	它的叶子多盛茂。
之子于归，	这个姑娘嫁过来，
宜其家人。	对这家庭多么好！

为什么对这家庭那么好？因为她青春美貌，嫁娶及时，这家有了漂亮媳妇。更重要的是，她身体健康，生育力强，这个家庭将会子孙绵延，繁荣昌盛！新娘绯红了脸颊，而新郎一脸爱意，有人起哄"唱《螽斯》吧"！大合唱开始了，婚典的高潮到了——

螽斯羽，	螽斯已展开翅膀，
诜诜兮。	成群地飞啊。
宜尔子孙，	祝福你们多子多孙，
振振兮。	个个振奋有为啊。

螽斯羽，　　　螽斯已展开翅膀，

薨薨兮。　　　嗡嗡地飞啊。

宜尔子孙，　　祝福你们多子多孙，

绳绳兮。　　　个个恭敬文明啊。

螽斯羽，　　　螽斯已展开翅膀，

揖揖兮。　　　款款地飞啊。

宜尔子孙，　　祝福你们多子多孙，

蛰蛰兮。　　　个个安详恬静啊。

这是几千年前的婚礼，我们已听不到那遥远的歌声，但我们就是那合卺之后受孕的子孙。那曾经年轻英俊的"君子"，那美艳如花的"淑女"，就是我们的高高祖。一点血脉，流传至今，那便是我们；一首老歌，传唱至今，那便是我们手中的《诗经》。

祖　　母

在我们的传统观念中，女人的道德水平关乎国运的盛衰、人事的兴替。司马迁揆诸历史，而发感慨如下：

> 自古受命帝王及继体守文之君，非独内德茂也，盖亦有外戚之助焉。夏之兴也以涂山，而桀之放也以末喜。殷之兴也以有娀，纣之杀也嬖妲己。周之兴也以姜原及大任，而幽王之禽也淫于褒姒。故《易》基《乾坤》，《诗》始《关雎》，《书》美釐降，《春秋》讥不亲迎。夫妇之际，人道之大伦也。礼之用，唯婚姻为兢兢。夫乐调而四时和，阴阳之变，万物之统也。可不慎与？（《史记·外戚世家》）

这里提到的《关雎》是《诗经》开卷的第一声，著名的"四始"之一。其实它在"四始"之中，尤为重要，因为它乃三百篇之始。为什么把这样一首诗放在开卷第一篇？《诗序》说：

> 《关雎》，后妃之德也，风之始也。所以风天下而正夫妇也。

夫妇为人伦之始，故《诗经》以《关雎》始，希望以此影响天下，矫正天下的夫妻关系。一部《诗经》305 首，为何都称"思无邪"？因为有后妃之德罩其首。

> 关关雎鸠，在河之洲。
> 窈窕淑女，君子好逑。

窈窕，当然是色；淑，则是德。"吾未见好德如好色者也。"这是孔子的感喟，即便是这首呼唤"后妃之德"，据说是出自大德周公之手的诗，也在"淑"前先关注那"窈窕"，可见男人的"德性"。但这儿毕竟要求"德""色"兼顾，君子的好配偶，是必须这样的。

> 桃之夭夭，灼灼其华，
> 之子于归，宜其室家。（《周南·桃夭》）

这树桃，繁花似锦，如那燃烧的火焰。花繁预示着"实多"，她将来会生一大堆的子女，所以对于这个家族的传承而言，当然是"宜其室家"。能生育是淑女的第一要义。以前文王一个妃子太姒就生了十个儿子，传为美谈，并且被当作是文王及其妃子德行昭彰的证据。我们骂人缺德，往往咒他断子绝孙，这种典型的中国小人的骂法，却也是蛮有中国文化气息的。所以，虽然《诗经》对历史上名声不佳的女子不吝挞伐之笔，乃至于偏激地说：

> 哲夫成城，哲妇倾城。（《大雅·瞻卬》）

好男人是护卫国家安全的长城，而美女人却把这长城弄倾坍了。甚至更加偏执地说：

乱匪降自天，生自妇人。（《大雅·瞻卬》）

认定家国之亡，责在妇人。但是，另一方面，家国之兴，也往往是淑女之功。妻子的道德水平和思维水平往往决定一族的道德与认知水平：

刑于寡妻，至于兄弟，以御于家邦。（《大雅·思齐》）

唉，我们妻子若能做出表率，就会影响到我们兄弟，再推而广之，就会使一国甚至天下人都能从风而顺。所谓"君子之德风，小人之德草。草上之风，必偃"（《论语》）。据诗人的观点，周民族的昌盛就是得益于两个妻子：太姜与太任。古公亶父娶太姜，生王季，王季娶太任，生文王。而王季作为第三子，能得承王位，就是因为他的父亲古公亶父看中了他的儿子姬昌，即后来的文王。关于这太姜、太任这婆媳二人的德行，《列女传》有载：

太姜有色而贞顺，率导诸子，至于成童，靡有过失，太王（即古公亶父）谋事必于太姜，迁徙必与。

谁说女人不能参与国政呢？太王就这样拿国事来与太姜商讨而

后施行。太姜是真贤妻，而这位太姜的三儿媳太任，与婆婆相比，毫不逊色：

　　太任之性，端壹诚庄，维德之行。及其有身，目不视恶色，耳不听淫声，口不出傲言，能以胎教子，而生文王。

　　显然，如果婆婆太姜更多的是贤妻，那么儿媳太任更多的是一位良母。这位良母就是通过对子女的教育（她可能是世界上第一个重视胎教的卓异非凡的母亲）而改变了世界的。"施于有政，是亦为政"（《论语·为政》），这是两个贤妇人的典型，她们一看重相夫，一更重教子，通过辅助男人，而在男权世界中确立了自己的地位，所以司马迁说："周之兴也以姜原及大任。"（《史记·外戚世家》）

　　《诗经》中，诗人这样倾心赞美：

　　挚仲氏任，自彼殷商，
　　来嫁于周，曰嫔于京。
　　乃及王季，维德之行。
　　大任有身，生此文王。（《大雅·大明》）

　　——挚国的任氏次女，从那殷商大邦嫁来周族。在周族的京都做贤惠的媳妇。她配嫁王季，与丈夫共行仁义之德。后来她有了身孕，生下了文王。

　　这个女人重视胎教，后生下并教育了文王这样的儿子，可不就是她的大功德、大成功？

　　而在"文王初载"，当年轻有为的文王在圣母的教育下茁壮成长，才智、道德日臻完满之时，也有一个"天作之合"的美满姻缘在等着他：

> 在洽之阳，在渭之涘，
> 文王嘉止，大邦有子。

　　在洽水北面的渭水之畔，与文王这样的圣人相匹偶的淑女也初长成，她就是太姒。这个生长于大邦的女子注定要与文王成就美满姻缘：

命自天，	有一个命令来自天上，
命此文王。	它命令文王，
于周于京，	易改号为周，邑为京，
缵女维莘，	莘君之女太姒做了他的继妃。
长子维行，	他们的长子有德而亡故了，
笃生武王。	德行厚重的他们又生下了武王。

　　这个"大邦之子"，简直就如同天上的神女——"俔天之妹"，更关键的是无论文王之母太任，还是文王之妻太姒，她们都来自殷商大邦。这两个来自较高文明之邦的女人，实际上极大地提

高了周民族的文明程度，使周民族更直接地接受了商文化。她们嫁给周人，既是周与商关系日趋密切的结果，同时又推动了这两个继代而生的大族的进一步交流。实际上，周是通过商的接纳与推介，才逐渐在各部落中产生影响并进而成了他们的新主人的。

古公亶父娶太姜生王季，王季娶太任生文王，文王娶太姒生武王，圣人继代而生，周之兴盛，其有以乎！

思齐大任，	那总是想着与伟大婆婆同德同行的太任，
文王之母。	就是文王的母亲。
思媚周姜，	她思慕太姜的德行，
京室之妇。	在周之京邑做着相夫的贤妻。
太姒嗣徽音，	而那太姒，又继承着太任的美好名声，
则百斯男。	她自己生下了十个儿子，而同时，她是文王所有儿子的共同母亲。（《大雅·思齐》）

三个女人的美德传承，保证了周之承前启后，继往开来。如果说，我们把父母之国称之为"祖国"，而这"祖国"又来自古老的周民族，那么，这三个女人就是我们的"祖母"。

我们为有这样的"祖母"而自豪。

小公务员之生

这个世界总是不大公平的。有的人只需要指手画脚，颐指气使，有的人则需忙忙碌碌，鞠躬尽瘁，辛苦劬劳。所谓"上面动动嘴，下面跑断腿"。古话说"君子动口不动手"，也是这个意思。那相对的，便是"小人动手又跑腿"了。虽然大家都是人，都一样是做工的：

溥天之下，莫非王土；
率土之滨，莫非王臣。（《小雅·北山》）

但劳逸却大大的不一样：

大夫不均，我从事独贤。（《小雅·北山》）

——大夫差事不平均，我做的事儿多了去。

唉，其实不用说在周代的官衙里，即使在今天的单位里，劳役的事也往往老是那几个勤奋的人做，辛苦的事老是那几个小心谨慎的人做。这样说，好像是他们自找的，是的，这世界上的各色人中，确实有一些人更有责任心，正如总有另一些人较少责任心较多自私心一样。

> 四方有羡，我独居忧。
> 民莫不逸，我独不敢休。
> 天命不彻，我不敢效我友自逸。（《小雅·十月之交》）

——周围的人儿都富余，只我一人独自愁；他们没人不闲逸，只我一人不敢息。天道不循常理走，我不敢学他们自安逸！

显然，面对着局面的危机，有些人总是先天下之忧而忧。但很奇怪的是，这些"黾勉从事，不敢告劳"（《小雅·十月之交》）的人，却总是面临"无罪无辜，谗口嚣嚣"（《小雅·十月之交》）这样不利的处境。为什么工作认真而辛苦的人不但得不到尊敬，反而要忍受那么多小人的谗口嚣嚣？这是一种什么样的工作环境？我们的工作环境若一直这样，我们的工作伦理便会受到挑战。契诃夫的《小公务员之死》是大家所熟知的，那个小公务员的可怜又有些可厌的卑贱心态，就是这种工作环境中培养出来的。沙皇的专制可以使人堕落，周朝的制度也一样——不，所有的专制都一样。我们来看看《诗经》时代的小公务员，看看他们的工作、生活以及心态：

> 东方未明，颠倒衣裳。
> 颠之倒之，自公召之。

> 东方未晞，颠倒裳衣。
>
> 倒之颠之，自公令之。(《齐风·东方未明》)

——东方还未亮，颠倒穿衣裳。颠颠倒倒穿不好，公家那边催得慌。

这真是古代的黑色幽默，一个人清早急起，怕误了公家的事，怕上班迟到，紧张得把上衣和裤子都穿颠倒了，这不够发我们一粲吗？接下来，我们不为之心酸吗？我们无法相信这样的工作还会给人以快乐、尊严与成就，这是肉体与精神的双重凌辱与折磨。下面这首《召南·小星》则好像是《齐风·东方未明》的一个分镜头，让我们用蒙太奇的办法把它们拼接起来：这个小公务员终于把上衣裤子穿对了，匆匆地出了门。噢，我想起了晚唐温庭筠的《商山早行》的诗句："鸡声茅店月，人迹板桥霜。"

不，这小公务员哪里有温飞卿先生的心境哩？温先生固然有些凄凉，但他还要审美呢。这小公务员低头赶路，抬头看天，心情是这样的：

> 嘒彼小星，维参与昴。
>
> 肃肃宵征，抱衾与裯，
>
> 寔命不犹！(《召南·小星》)

——闪闪发光小星星，参星昴星在其中。惊惊惶惶连夜走，抱着被褥和床单，谁让我命不如人！你看，他唉声叹气，怨声载道，心情极坏，心态极差。这样的紧张与压抑，已使我们无法享受生活，我们可能在这种超出我们生理与心理承受力的劳作中获得所谓的成就，包括经济上的回报，但我们的幸福感却丧失殆尽。我们希望有唐人的清早："春眠不觉晓。"（孟浩然《春晓》）也希望有宋人这样的午后："日长睡起无情思，闲看儿童捉柳花。"（杨万里《闲居初夏午睡起》）

我们真的不希望有这样的早晨：天还没亮，与我们一样被生活压得喘不过气来的妻子就开始推醒我们：

鸡既鸣矣，朝既盈矣。（《齐风·鸡鸣》）

——鸡已经叫了，朝堂上已是人声鼎沸了。快起来吧。

我们已疲惫不堪，我们嘟嘟囔囔找借口再多睡一会儿，我们甚至拒绝承认天亮的事实，我们希望夜还在延续，天还没亮，我们闭着眼睛说瞎话：

匪东方则明，月出之光。（《齐风·鸡鸣》）

——不是东方明，那是月光亮。

可是这没用，我们的老婆也希望我们多休息一会儿，但是情势逼人，我们要生活，我们便要接受这一切：

会且归矣，无庶予子憎。（《齐风·鸡鸣》）

——会都要散了，别让人对你印象不好。

我们担心别人对我们有看法，尤其担心上司对我们有看法。他可以决定我们的去留，他们会在墙上写上大大的标语，吓得我们心惊肉跳、惶惶不安、沉重不堪、心力交瘁："今天工作不努力，明天努力找工作！"可哪怕你找到了工作，还是要努力。事实是，我们已经不是在努力工作，而是在竭力工作，我们已经在心力和体力上超常地付出，但仍忧心忡忡，惶惶不安，担心哪一天会下岗。在这种体制下，我们不小心翼翼地侍候别人，降心屈志地看别人的脸色，拼掉健康地为别人卖命，我们还能怎样？谁都可以开除我们，把我们解聘，把我们驱赶到毫无人情的"市场"上去。为什么老拿开除来吓我们？如果我们都吓破了胆，在这样的环境中谁能快乐而幸福？

这个齐国的小公务员还算好，至少他的家人还能理解他、体贴他，还有不少小公务员，虽然也生活在"我日构祸，曷云能穀"（《小雅·四月》）——天天我都在遭罪，谁说我还能快乐——这样的可怜境地中，仍"尽瘁以仕"，却"宁莫我有"，没有人给以他应有的肯定与信任，没有人对他相亲相爱，他只能"君子作歌，维以告哀"（《小雅·四月》）。

生活中找不到同情者，他只好作这歌，一诉自己的哀痛，希图从读者中找到同情。他找到了，我们在几千年后，向几千年前的他发出同情的声援，只可惜没有什么实际用处，我们只能陪他叹气。

最后，我们来看看《邶风·北门》。这是最典型的小公务员之生——我没有写小公务员之死，小公务员大多数都没死，他们死了，谁来顶这苦差？他们是被重重责任缠住了的，死不了，也必须活着，以尽做人的责任，至少是尽小公务员的责任。但这样的生活，真的是生不如死啊！

出自北门，	我从北门走出来，
忧心殷殷。	心事重重想不开。
终窭且贫，	忙来忙去还是穷，
莫知我艰。	有谁知道我苦艰？
已焉哉！	算了吧！
天实为之，	都是老天造的孽，
谓之何哉！	我还能说什么呢？

王事适我，	大王差事扔给我，
政事一埤益我。	公事一起加给我。
我入自外，	我疲惫不堪回家来，
室人交遍谪我。	家人一起责骂我。
已焉哉！	算了吧！
天实为之，	都是老天安排下，
谓之何哉！	我还能说什么话！

王事敦我，	大王差事压迫我，
政事一埤遗我。	公事一起丢给我。
我入自外，	我昏头昏脑回家来，

室人交遍摧我。　家人一起摧残我。

已焉哉！　　　　算了吧！

天实为之，　　　老天要我命这样，

谓之何哉！　　　我还能把什么讲！（《邶风·北门》）

这诗把小公务员的生存状态写得如此生动、真切，我也没什么讲的了。只是突然想起了卡夫卡的《变形记》。唉，无论古今，无论中外，小人物的可怜，概莫能外。天实为之，谓之何哉！

说　谗　言

　　要说孔子平生最厌恶最恐惧的是谗言，大约不会太错。他自己就明确地说：

　　恶利口之覆邦家者。（《论语·阳货》）

　　我一直不大喜欢语言学家的深文周纳、条分缕析，但对这句话，我们倒不妨用语言学家的法子分析一下，这个句子叫"兼语句"，即可以把它变成两个句子：

　　我恶利口，
　　利口覆邦家。

　　前者说明了孔子厌恶的为何物，后一句则说明了孔子为什么厌恶利口，因为利口会倾覆我们的邦家。所以，孔子对利口的厌恶来自对利口的恐惧。邹阳曾经说：

　　夫以孔墨之辩，不能自免于谗谀。（《狱中上梁王书》）

孔子一生周游列国，而以失败告终，在他看来，这与一帮小政客的谗言大有干系，以至于他愤怒地说：

巧言令色，鲜矣仁！（《论语·学而》）

大约是孔子被历史上和现实中的谗言弄得失去了平常心了，在语言问题上他几乎走上了偏激地反对一切文饰的路子，即便他说过："言之不文，行之不远。"这意思大约也相当于民间谚语所说："好事不出门，坏事传千里。"

但他对伶牙俐齿抱定负面的看法。也难怪，孔子最佩服最崇拜的大圣人周公，也曾"恐惧流言日"，被流言折磨得焦头烂额，甚至他两个亲爱的弟弟管叔、蔡叔也在流言的鼓动下起来造他的反，还和以前的敌人勾结到一起，逼得周公这个仁人不得不将他们一杀一流放，从而在仁德记录上留下污点。按嵇康的说法，这两个弟弟实际上也是流言的牺牲品（《管蔡论》）。而孔子最忠厚最仁孝的学生曾参，也曾因被误传杀人，连最了解他的母亲也"投杼逾墙而走"（《战国策·秦策二》）。弄得李白千载之下，犹自愤怒感慨：

曾参岂是杀人者！谗言三及慈母惊。

后来同样被谗言弄得兄弟阋墙的曹植，在他的诗中也愤怒地斥责："苍蝇间白黑，谗巧令亲疏。"（《赠白马王彪》）这前一句即中国古典诗歌中常用的"比兴"手法。说到"比兴"，说到"苍蝇"，我一下子想到了《诗经》：

营营青蝇，止于樊。
岂弟君子，无信谗言。

营营青蝇，止于棘。
谗人罔极，交乱四国。

营营青蝇，止于榛。
谗人罔极，构我二人。（《小雅·青蝇》）

——飞来飞去的苍蝇啊，把它阻在篱笆外。和睦爱悌的君子啊，不要受那谗言害。飞来飞去的苍蝇啊，把它阻在荆棘外。谗人作恶无休止，多国政治被他坏。飞来飞去的苍蝇啊，把它阻在榛树外。谗人作恶无休止，让我两人有嫌猜。

诗人为什么要用"青蝇"（即苍蝇）来喻谗言或进谗言的小人？盖因苍蝇与小人有以下三点相同：一是"营营"，钻营不休，散毒不止，孜孜矻矻，一刻不止；二是"污白使黑，污黑使白"，颠倒黑白，播乱善恶；三是驱之不去，纠结缠斗不休，使人不胜其烦而自认失败。而且啊，谗言的危害，大到"交乱四国"，小到"构我二人"，从社会最基本的结构单元到国家民族，这种病毒能摧毁一切健康组织。所以，诗人一再告诫要止之于"樊"（即藩，篱笆）、止之于"棘"、止之于"榛"，要对小人谗言惧而远之。

　　《诗经》不愧是"经"，它对生活现象之描摹、对本质的揭示都成为一种经典的表达，并成为后人常常引用的典故。汉代的东方朔一生滑稽少正经语，但在临死前却对汉武帝说了一番"人之将死，其言也善"的话，就是引这《青蝇》诗，以劝诫武帝"远巧佞，退谗言"，弄得武帝很奇怪，这家伙怎么突然正经起来了？魏正始九年（248）何晏接连数夜梦见青蝇数十，集于鼻上，驱之不去，因问精于术数的管辂，管辂警告他："鼻者天中之山，高而不危，所以长守贵，今青蝇臭恶而集之，位峻者颠，轻豪者亡，不可不深思也！"当时邓飏在座，讽刺管辂为"老生之常谈"。辂曰："夫老生者见不生，常谈者见不谈。"暗示将看到他们灭亡，后来果然如此。（《资治通鉴》卷七十五）

　　但如何让谗言"止"于身外？孔子曾对弟子子张说：

　　浸润之谮，肤受之愬，不行焉，可谓明也已矣。浸润之谮，肤受之愬，不行焉，可谓远也已矣。（《论语·颜渊》）

　　用"浸润"来形容谗言之令人不觉其入而信之深，用"肤受"来形容被谗言困扰时自己的冤痛之感，十分贴切，可见孔子对谗言是真正地领教过。而一个人能否明辨谗言，且能对谗言病毒有免疫力，是一个人能否明智远察的标志之一。

　　民之讹言，宁莫之惩。
　　我友敬矣，谗言其兴。（《小雅·沔水》）

——坏人的不负责任的谗言，难道就可以不受惩罚？我的朋友真的谨慎警惕了，谗言为什么还能流行？这是一种道德上的疑问，散布谗言而可以不受惩罚，道德功能哪去了？我们的朋友常听信谗言而疏远我们，他们的判断力哪去了？事实上，谗言确实能如水之流，随物赋形，而能避开我们道德与智识上的双重警戒，深入我们的腹地，打败我们，使我们蒙受双重的损失。可我们在一再的失败之后，却不能吃一堑长一智，若不能找到对付谗言的法宝，我们仍然只能求助于我们一再被证明弱不禁风的道德与智力：

> 采苓采苓，首阳之颠，
> 人之为言，苟亦无信。
>
> 舍旃舍旃，苟亦无然，
> 人之为言，胡得焉？（《唐风·采苓》）

——别人喜欢造谣言，你可千万别信他，别理他呀别理他，千万不要信了他。那些人啊乱说话，我看他能得到啥——咳！别管他得到啥，至少他让我们心神不宁，让我们众叛亲离，甚至父子相疑，夫妻反目。而我们却对此无可奈何，除了恳求人们不要相信谗言。可是呢，那些平时很正派很明智的人，却对谗言毫无防范能力，相反，却如同贪杯一样喜欢听信它："君子信谗，如或酬之。"（《小雅·小弁》）

听信谗言的不仅是小人啊，也不仅是昏君，他们往往就是我们

平时很信赖的人，平时我们对他们的道德水平和智力水平有足够的
信心，对我们彼此之间的信任有足够的信心，可是一遇到谗言，他
们就既怕躲不过初一，也怕躲不过十五，总有一天，他们会被谗言
左右。问题是我们对这样的朋友，或领导、或妻子、或同事，我们
能怎么样？

> 扬之水，不流束楚，
> 终鲜兄弟，唯予与女，
> 无信人之言，人实廷女。（《郑风·扬之水》）

——我们本来已很孤单，连兄弟都没有，只有夫妻二人相依为
命，相濡以沫，相呴以湿，可还是有谗言来"构（构隙）我二
人"，你千万别信那些人啊，他们真的是在诳骗你。他们的话真的
不可信——我们已近乎哀求了。可是啊，我们珍惜的那个人还是听
信谗言而疏远了我们。谗言真的是比父母还亲，比夫妻还近，更遑
论其他？

> 防有鹊巢，邛有旨苕，
> 谁侜予美，心焉忉忉。（《陈风·防有鹊巢》）

——鹊儿怎么在水堤上筑了巢？山顶怎么长上了水草？这天地
怎如此颠倒？哪个黑心的欺诳了我的爱人？我的心儿恼了！
恼了，怒了，我们愤怒声讨：

往来行言，心焉数之。

蛇蛇硕言，出自口矣。

巧言如簧，颜之厚矣！（《小雅·巧言》）

——传来传去的流言，我心里清楚得很哩！不负责任的夸大话，就这样你们信口说哩！你们巧妙的话语如笙如簧，脸皮真是厚哩！

问题在于，谗言在世俗的肥料中疯狂生长，我们却找不到它的根，我们已经中招，但却不知道暗箭来自何方，这种"无物之阵"（鲁迅语），让我们失去耐心，使我们歇斯底里：

彼何人斯？居河之麋。

无拳无勇，职为乱阶。（《小雅·巧言》）

——你是个什么东西？只是河岸的一头牲畜！你一无力气二无勇气，只是一切祸乱的根源！你看，我们已尽失风度，开始骂人：

彼谮人者，亦已大甚！（《小雅·巷伯》）

——那些谗言害人的家伙啊，已经太过分了！当我们骂别人太过分时，表明我们的耐心已因趋于极限而丧失，我们的心境坏了，我们的修养没了，我们的文明也岌岌可危：

取彼谮人，投畀豺虎。

豺虎不食，投畀有北。

有北不受，投畀有昊。（《小雅·巷伯》）

——抓住那个嚼舌头的坏人，把他扔给豺狼虎豹！豺狼虎豹嫌他腌臜难吃，把他投到北方荒原冻死！北方荒原也恶心不受他，把他抛到高天，让天老爷灭了他——我们张皇四顾，想找一找是谁发出的如此恶毒的声音。最后我们惊恐地发现，这声音正从我们自己的牙缝中冲出。我们认不得自己了。

我们开始诅咒，我们变得恶毒，失去理智。我们变得倾向于不把对方当人，要用非人的手段对付他们。这样，我们自己也就渐渐堕落了。是的，小人之大危害，就在于危害我们的心境，使我们也渐渐变得不那么君子，不那么绅士，从而小人就污染了我们的环境，使文明倒退，使道德倒退。小人使我们失去耐心的时候，我们也就没有了仁心，我们不再高贵，内心充满仇恨，充满狭隘的复仇意志。我们在道德的悬崖上与谗言搏杀，在不能取胜的绝望与愤怒里，我们抱着敌人一同跳下山崖。

从大臣到忠臣

我这儿用的"大臣"这个词，是有特定含义的。首先，不是人们通常认为的，凡住在京城，每日上朝，在朝廷上屈膝耸腔，口称"奴才"，脑后有一条猪尾巴的都是大臣。他既已自称为奴才，还是就叫他们为奴才好。其次，"大臣"者，既有别于唯唯诺诺、獐头鼠目、唯利是营的小臣（臣妾之臣），也不是指屈原式的以政治失意而仅存一腔忠心满腹苦水的忠臣，当然更不会是弄权误国的奸臣。我之所谓"大臣"者，立意于"大"字。就事功言，必能担大任而立大功，涉大险而弥大难，有大智谋、大计划、大战略；就道德言，必有大德、大量、大胸襟、大眼光。荀子曾把人臣分为四类：态臣、篡臣、功臣、圣臣。（《臣道》）我之大臣，相当于荀子的"功臣"。"圣臣"是经过儒家美化的圣人，实际不易有，我也就不讨论。

有大臣的时代，必是一个蒸蒸日上、兴旺发达的时代，正如出忠臣的时代往往是萎萎而亡、日趋没落的时代——想想当楚怀王、顷襄王的手下出现了哀哀怨怨的忠臣屈原的时候，是不是也正是本来强大的楚国日渐衰亡的时代？

孔子曾谈论过什么样的人才能叫作"大臣"。当季子然问他

"仲由、冉求可谓大臣与"时，他的回答是：

> 所谓大臣者，以道事君，不可则止，今由与求也，可谓具臣矣。(《论语·先进》)

荀子对"功臣"的定义是：

> 内足使以一民，外足使以距难。民亲之，士信之。上忠乎君，下爱百姓而不倦，是功臣者也。(《臣道》)

——就他的才能与品德而言，对内，足以让他去统一民心；对外，足以派他去排除险难，百姓亲近他，士人信赖他。上忠于君，下爱护百姓，而不知疲倦。

有意思的是，孔子提出了一个与大臣相对应的"具臣"的概念。"具臣"者，聊备一员，充个数而已。事实上，每朝每代，在朝廷中折冲樽俎、在民众前耀武扬威的衮衮诸公，看起来一个个都似国之栋梁，其实都不过是一堆"具臣"的材料而已。细察他们的真实行为，一个个都猥琐碎屑，争小名而不止，逐小利而不休，且沾沾自喜，实在不见其"大"。考察他们的业绩，翻看他们的档案，往往得过各种奖状，受过多种表彰，"争取"到并完成过各种项目，但真的深入工作现场，则会发现他们不外乎弄虚作假，做表面文章，做政绩工程，实在不见其"功"。所以，他们既不能成为孔子定义的"大臣"，也不是荀子所谓的"功臣"，对号入座，他们倒恰恰是荀子所极鄙视的"态臣"。荀子说及各类人臣，其排序为态臣、篡臣、功臣、圣臣。显然，若就作恶看，篡臣为大，若就危害言，也是篡臣为巨，但荀子却把"态臣"排在篡臣前面，可见荀子内心里更厌恶的是这种人，因为若就人格言，态臣更其渺小猥琐。荀子说态臣是：

> 内不足使一民，外不足使距难。百姓不亲，诸侯不信。然而巧敏佞说，善取宠乎上，是态臣者也。（《臣道》）

——对内不足以让他去治百姓，外不足以让他去抵抗外患。百姓对他不亲近，诸侯对他不信任，然而（他的优势在于）巧捷善于奉承，谄谀使人愉悦，擅长取宠于上级。

好了，言归正传。

周朝的历史上，"宣王中兴"是史家们颇感兴趣的话题，也是诗家们津津乐道的诗题，《诗经》中有关宣王中兴的诗有十数篇之多，可见宣王时代的文治武功是多么地激发诗人讴歌的热情。

非常有意思的是，这些诗篇中直接歌颂宣王的倒不多，更多的则是对宣王手下大臣的歌颂。这在一定程度上说明了，宣王之所以贤明并取得中兴的成绩，主要在于他能重用大臣。宣王的父亲厉王，就是一个不信大臣而信小臣的人。他杜绝言路，以杀戮止谤，信任一个卫国的巫者，听任他指认诽谤者，然后杀之。他手下当然有大臣，如召穆公。但召穆公的谆谆告诫，并不能入他的牛耳，使之收敛，反而使他残民的毒手更变本加厉。最终他被国人起义推翻而流放彘地，可耻又可悲地死在那里。到了他的儿子宣王，则能励精图治，同时，在他的号召下，大臣辈出，《诗经》中点名歌颂的，就有尹吉甫、召伯、申伯、仲山甫、韩侯、方叔、南仲。实际上，所谓宣王中兴，主要就是因为宣王能知人善任，"内修政事，外攘夷狄，复文武之境土"（《毛诗正义》卷十）。而他在位 47年，主要成绩也是最初的几次对外战争取得了胜利。这几次战争，包括伐淮夷、伐徐方、伐楚、伐狎狁。伐淮夷用的是召伯虎，即召穆公。这个召穆公，在公元前 841 年国人暴动中，藏厉王的太子姬静于家，而以自己的儿子替其死。等十四年后（前 828 年）厉王死于流放地彘，他又率诸侯拥立太子姬静继位，这姬静就是周宣王。现在淮夷反叛，宣王命他率兵伐之。《诗经·大雅·江汉》乃召穆公在得胜班师回朝受到宣王褒奖后写的诗。一开首就把他的出征写得极其威武：

> 江汉浮浮，武夫滔滔。
> 匪安匪游，淮夷来求。

诗中浮浮，强大貌；滔滔，水盛貌，此四字互讹，应为"江汉滔滔，武夫浮浮"。

——江汉滔滔奔东流，武士出征雄赳赳。不求安，不为游，只把淮夷来诛求。猎猎旌旗，辚辚战车，滔滔江汉，共壮行色，召穆公自己此时真有"平治天下，当今之世，舍我其谁"（《孟子·公孙丑下》）的自信与自豪。

江汉汤汤，武夫洸洸。

经营四方，告成于王。

——汤汤东去的长江汉水气势磅礴，武士行军的队列也军威雄壮。我们就这样奉王之命平定四方，终于获得成功，然后班师回朝，向宣王报告成功。诗句里有多少自豪、自得和自信！

四方既平，王国庶定。

时靡有争，王心载宁。

——四方已太平，王国也安定，我们消弭了战乱，宣王的心中终于安宁。这就是大臣，能弭大难、排大忧，而为国解患，为王分忧。

伐徐方的统帅是太师南仲皇父。《诗经·大雅·常武》述其事：

赫赫明明，王命卿士。

南仲大祖，大师皇父。

整我六师，以修我戎。

既敬既戒，惠此南国。

——威武而又辉煌的太祖庙中，宣王命令卿士南仲皇父："整顿我的六军，修治我的武器，率领军队去警戒南方，把我的仁慈恩德推行到南方吧！"

大军南征之后：

如雷如霆，徐方震惊。

文明的推广有时确实靠武力。有些野蛮落后的部落与民族确实需要强大的外力才能打破其铁屋子，解放其人民，并使之融入文明进程。这是世界历史一再昭示给我们的历史事实与真理。周民族文明向四方落后民族的推进，把四方落后的民族拉入文明的行列，主要就是靠这使他们震慑的如雷如霆的武力。

四方既平，徐方来庭。

徐方不回，王曰还归。

——四方平定了，徐方成为文明世界的一员。大军在宣王命令下班师而回。

伐楚的大臣是卿士方叔。这次征伐规模极大，竟至出动战车三千，可见荆楚强大勇悍，不易驯服，又可见宣王志在必得，而不惜如此费力（略作比较：至春秋时，如僖公二十八年晋楚城濮之战，这是一场争霸之战，双方极重视，牵涉的国家也很多，可取胜的晋国投入的战车是七百乘。成公二年，齐晋鞌之战，晋投入的战车是八百乘，而称霸的齐桓公总共只拥有八百乘战车）。最后这次伐楚取得了辉煌战绩，既征伐了犭严狁，又打败了楚国。《小雅·采芑》

颂其事：

> 蠢尔蛮荆，大邦为仇。
>
> 方叔元老，克壮其犹。
>
> ……
>
> 征伐猃狁，蛮荆来威。

——荆楚南蛮，蠢蠢欲动，与我大邦为敌为仇。我邦元老方叔亲征，克敌谋略胸中早筹……猃狁受征伐，蛮荆来归顺。

猃狁是我们的宿敌，在商朝甲骨文中，即有"鬼方牧我西鄙田"的记录，这些原始的游牧部落，一直以杀伐为业。而我们对猃狁的战争，往往最艰苦卓绝，但制胜的概率并不大。猃狁的频频入侵弄得我们"靡室靡家"，但我们往往对他们只能无可奈何。"因为他们以游牧为生，在环境上占优势，此即军事理论家所谓'战斗条件与生活条件一致'。当中国人（引者案：中原农业区）尚要组织动员、装备、征调、训练之际，北方之劲敌则可以省略上面的步骤。他们的及龄壮丁早已在马背上，他们的武器就是他们的谋生工具，他们从来不缺乏流动性。"（黄仁宇《中国大历史》第五章）这也是后来战国时期赵武灵王不得不"胡服骑射"的原因。宣王时，尹吉甫和南仲分别获得难得的胜利。这两次鼓舞人心的胜利受到诗人的隆重礼赞，《小雅·六月》与《小雅·出车》即分别歌吟此事。而《小雅·采薇》则是从一个普通士兵之口，写出猃狁为害之烈与征讨猃狁的艰苦。

　　荀子说，功臣的功是内外兼顾的，外足以拒难，内足以一民。
"一民"意谓使人民统一于一个意志之下。如果说上文说到了几位
大臣的南征北讨，乃是归版图于一，那么，召伯奉宣王命经营谢
邑，申伯就封于谢以镇南，仲山甫筑城于齐以镇东，韩侯受宣王锡
命镇东北（此据陈子展考），那就是统民心于一。这也是宣王的大
事业，是他中兴之辉煌点，佐助他成功的便是上述几位他手下的
"大臣"。而其中最杰出的当为尹吉甫所作的《烝民》中所歌颂的
仲山甫：

> 天生烝民，有物有则。
>
> 民之秉彝，好是懿德。
>
> 天监有周，昭假于下。
>
> 保兹天子，生仲山甫。

　　——上天生育众生，使万事万物都有法则。人民天生的操守，
是爱好美德。上天监视着周的政治，使神明降生下土。为了保佑这
圣明的天子，天上降下了仲山甫。

　　这是神话般的英雄人物出生的故事，并且仲山甫之出生，乃出
于人民的爱好美德与上天的"保兹天子"（宣王）的目的，把人的
出生与神学目的论结合起来，赋予仲山甫以神圣的出生与光荣的
使命。

　　那么，仲山甫具有哪些德性呢？要知道，上天唯通过道德与人
间发生联系。

仲山甫之德，柔嘉维则。

令仪令色，小心翼翼。

古训是式，威仪是力。

天子是若，明命使赋。

——仲山甫的品性，温和慈祥是他为人行事的法则。他有美好的仪表与温和的脸色。他持身谨慎，小心谨约。他遵循古圣先王的训导，勉力于增强他的威仪。他恭谨地听命于天子，天子的政令由他向天下颁发。

显然，仲山甫显示出来的，不是刚猛强权，不是跋扈独断，虽然他不缺乏威仪（古之威仪侧重于庄重威压。孔子曰："君子不重则不威。"即此意也），更不缺乏决断，但他更多的是温和慈祥，是文雅的仪表与和悦的脸色（"令仪令色"）。

遵循古圣先王的遗训，也是中国古代伟大政治家执政的基本信条。因为古圣先王的遗训，不仅是政治智慧的结晶，而且是古圣先王崇高道德的体现，是他们伟大的胸怀、慈祥的仁心的体现，遵循它们，就是向这伟大的传统表示敬意，显示自己愿意接受它们的约束而使自己的执政行为在正当的轨道上行进。因此，仲山甫的权威和声望，不仅来自现实政治中宣王的信任与重用，而且还来自古代文化传统中古圣先王的精神权威。这也增强了人民对他的信任。

而且，仲山甫有着中国传统官场中最为缺乏的为官之德：

人亦有言，

柔则茹之，刚则吐之。

维仲山甫，

柔亦不茹，刚亦不吐。

不侮矜寡，不畏强御。

——俗话说，碰到软的就吃掉，碰到硬的就吐出。大家就都这样欺软怕硬。只有仲山甫，软的不吞，硬的不吐。不欺孤弱，不畏强横。

欺软怕硬，站在有力的人一边，是中国传统官场奉行的基本为官准则，是传统的"护官符"之一。所以，像仲山甫这样，不欺软、不怕硬的品性，是我们几千年来官场最为缺乏的稀有元素。一个大臣，就这样立起来了。首先，他是一个"大人"。在古代官场，我们开口闭口称上司为"大人"，盖因他的官大。对这样的因官而大的"大人"，孟子说，"说大人则藐之，勿视其巍巍然"。因为他们往往在道德上正属于"小人"。真正的大人，乃有"大德"。正如"小人"之为"小人"乃是因为品性下流。孟子说："从其大体为大人，从其小体为小人。"大体者，善心也；小体者，各种世俗欲望也。但凡心地正直不委屈，志趣广大不琐屑，皆是从大体之大人；但凡心地委屈，色貌卑恭，志趣琐屑，孜孜以求，皆是从小体之小人。而大人为臣，当然为大臣；小人为臣，当然是态臣、小臣、奸臣！

肃肃王命，仲山甫将之。

邦国若否，仲山甫明之。

既明且哲，以保其身。

凤夜匪解，以事一人。

——严肃不容亵渎的王命，仲山甫奉行它。各邦国的顺逆，仲山甫了然于心。他既聪明又睿智，能严守节操，不违法度，保全自己。他早晚勤勉不懈怠，认真侍奉天子。

我们现在来总结一下此诗中表彰的仲山甫的基本品性：态度温和，神色慈祥，仪表威严，处身谨慎；遵循古老的政治信条与道德规范，又富于决断；上能尊天子，下能抚四夷；明察是非善恶，善待四方邦国。不欺软，不怕硬，不畏强，不侮弱。可以说，他具备仁、义、礼、智、信、忠等多种美好品德。宣王命他在东方齐地筑城，以镇东方，尹吉甫赋《烝民》一诗以为送别，以慰其心，以壮行色，以彰其德。对仲山甫，当然是表彰有加；对周宣王而言，不也是在歌颂他知人善用？

尹吉甫是宣王时代最富于激情的人，他不仅自己出征狁狁，"以匡王国"（《小雅·六月》），而且他的"主旋律诗歌"在《诗经》中保存的还有《崧高》《韩奕》。前者赞美申伯就封于谢以镇南方，后者赞美韩侯镇守东北。限于篇幅，不再一一介绍。总之，周宣王前期不仅有攘外的大臣，还有镇内的大臣，宣王之政，则"譬如北辰，居其所而众星共之"（《论语·为政》），有明君有贤臣，宣王中兴，不亦宜乎！

大臣的道德底色是"忠"，忠于职事，忠于国家，忠于君主。因为"忠"决定他能力施放的方向。但仅有"忠"不足以成为大臣。忠臣若要成为大臣，必须有君主提供的信任与支持，从而使他有大事业、大成功。反过来，若一个大臣失去了君主的信任和支持，往往会降格为"忠臣"。前者如商鞅、如管仲，他们是在得到秦孝公与齐桓公高度信任的情况下，做成了大事，推动了历史，从而成为大臣的。后者如屈原，他本来"博闻强志，明于治乱，娴于辞令。入则与王图议国事，以出号令；出则接遇宾客，应对诸侯"（《史记·屈原贾生列传》），并且起草改革蓝图，是一个典型的担大任，成大事，有大眼光、大战略的大臣。然他一旦不被怀王信任，便变为哀哀怨怨的忠臣，只能去写作"自怨生焉"的《离骚》了，不但不能明哲保身，还弄得自投汨罗而死，成为我们千古凭吊的失意忠臣的典范。所以，圣明的君主手下，往往出大臣，如上举的秦孝公、齐桓公；而昏聩愚懦的君主手下，往往出忠臣。"忠臣不生圣君之下"（《慎子·知忠》）说的就是这个意思。诸葛亮在刘备手下是大臣，在阿斗手下则是忠臣了。宣王手下多大臣，是宣王自己贤明，而厉、幽手下则多是忠臣了。《十月之交》这首作于幽王时代的诗，就是西周的《离骚》：

> 十月之交，朔月辛卯。
> 日有食之，亦孔之丑。
> 彼月而微，此日而微。
> 今此下民，亦孔之哀。

——在十月初一朔日辛卯，出现了日食，真是很丑的事。上次月食刚过，今天又逢日食，现在的老百姓啊，是多么的悲哀啊。

周幽王六年，周历八月二十一日，发生月偏食。到十月一日，又发生了日食。这是上天降下的警告："日月告凶。"人间的政治无道时，上天现异象给以预警，也给不道的君臣一个改过的机会。其实这种警告四年前就发出过一次了，那是幽王二年的关中大地震和大干旱，那次灾难导致"岐山崩，三川（泾、渭、洛）竭"。

> 烨烨震电，不宁不令。
> 百川沸腾，山冢崒崩。
> 高岸为谷，深谷为陵。
> 哀今之人，胡憯莫惩。

——电光闪闪，雷声隆隆，那么不安宁不吉祥。百川之水都已沸腾，高山丘陵都已崩裂，高岸下陷为深谷，深谷上升为山陵。可悲啊现在当政的人，为什么还不警醒?

范仲淹在讲到"古仁人之心"时，说他们是"先天下之忧而忧，后天下之乐而乐"。忧国忧民是大臣、忠臣共同的情感趋向。不同的是，大臣不仅能忧国忧民，而且还有机会治国安民；而忠臣则往往被剥夺了权位，使其无法谋其政，此时的政柄往往为奸臣所握。与屈原在《离骚》中突破"怨而不怒"的传统，斥责乱国群小一样，这首《十月之交》也在《诗经》"温柔敦厚"的整体风格中别树一帜，它直接点名道姓地斥责那一帮祸国殃民的奸臣：

皇父卿士，番维司徒，

家伯维宰，仲允膳夫，

棸子内史，蹶维趣马，

楀维师氏，艳妻煽方处。

——管朝政的卿士皇父，掌土地人民的司徒番氏，掌王室事务的太宰家伯，管御厨的仲允，管人事的内史棸子，做司马的蹶氏，还有管监察的师氏楀氏，都和那妖冶的夫人（指幽王的宠妃褒姒）勾结在一处而气焰冲天！

这哪里是一小撮？简直是一大帮！在这样的环境下，尽责的忠臣只能"黾勉从事，不敢告劳"，且须忍受着"无罪无辜，谗口嚣嚣"的谗毁。我们知道屈原就是这样被谗言毁掉的，与他一同被毁掉的还有楚国。

闲时故把忠臣慢，

差时不听忠臣谏，

危时却要忠臣干。（元·郑廷玉《楚昭公疏者下船》第一折）

真是说尽了忠臣的可怜。忠臣要做到不仅仅让人同情，为之掬泪，还要使人尊敬，为之喝彩，他还真必须任劳——当然可以不任怨——然后劳苦功高。

四方有羡，我独居忧。

民莫不逸，我独不敢休。

天命不彻，我不敢效我友自逸。（《十月之交》）

——四方的人都优游，我独自忧来独自愁。别人没人不安逸，我独一人不敢休。老天不从正道走，我不敢像他们那样自安逸！

真正的忠臣就是这样的：他可以失去职位，但不会丧失责任心；他可以失去别人对他的信任，但他不会丧失他的忠诚；他可以失去机会，但不会就此袖手。而且，别人的堕落不会成为自己堕落的理由，社会的无道不会成为自己颓废的借口；在孤独中坚持，在众芳荒秽中敢于一枝独放；众人皆醉我独醒，众人皆浊我独清。这不正是屈原精神中最可贵的核心吗？诗与骚向来一南一北，而精神相通，共同构成吾国吾民的基本精神内核。

大臣消失了，忠臣大量出现。山雨欲来风满楼，乱世到来忠臣多。是的，忠臣的大量涌现，是国家将亡的征兆。我们知道，这时代走向了它的末路。西周快亡了。

完美的女人与永恒的悲剧

　　《诗经》中的女人是一个很值得我们去讨论的话题。正如妇女的解放程度是人类解放程度的天然尺度，对女人的态度与观念也是人类文明程度的天然尺度。如果我们不被后世道学家的批评所影响，我们就会发现，《诗经》里除了极少数地方对确实有劣迹的女人（如褒姒、文姜）予以道德谴责外，绝大多数的诗篇在写到女性时都是回护的、珍惜的、歌颂的、热爱的。对她们的性道德更是几无微词。相反，对于男人的放荡、乱伦，则严词痛斥。比如，诗人骂陈灵公而不骂夏姬（《陈风·株林》），骂卫宣公却同情被强占的儿媳（《邶风·新台》）。许穆夫人本是卫宣公长庶子顽（昭伯）烝于庶母宣姜乱伦而生，而《诗经》中却著录其诗二：《邶风·泉水》叙她思亲念祖，恻恻感人，诗中动情思念那乱伦的"父母"，孔子不以为怪；《鄘风·载驰》叙卫被狄人攻灭，她不顾许人反对，逾越礼教禁区，赴漕吊唁，驰驱奔走，一心兴复父母之国，竟得孟子赞赏（《礼记·杂记》："妇人，非三年之丧，不逾封而吊"，故许穆夫人归唁卫侯，乃为越礼。《韩诗外传》卷二载孟子言："有卫女之志则可，无卫女之志则怠。""夫道二，常之谓经，变之谓权。怀其常道而挟其变权，乃得为贤。夫卫女行中孝，虑中圣，权如之何？"孟子用他一贯的"权变理论"，为她开脱）。有人认为，表达思乡情怀的《卫风·竹竿》也是许穆夫人的作品，这样算来就有三首诗作了。

与此种对女性宽容的态度相统一的，便是《诗经》中有大量以女性口吻写作的诗篇。如果我们统计一下305篇中，女性口吻作品的篇幅及比例（在统计比例时还可以除去"三颂"及大、小雅中的某些类别作品），是一个很不错的研究角度。

我不大喜欢在古代文籍中"找"问题，那多影响读书的兴致！我只是常常不期而遇地从中碰到让我感兴趣的人或事，常常被感动、被激动，喜怒哀乐一齐来，或拍案惊奇，或叹为观止，哪里还考究什么科学？在我眼里，历史是活的，living past，历史上的那些人，也是活的；我会在图书馆藏书室尽头最冷清的角落，拨开薄薄的尘土时，遇见他们，倾听他们，我陪他们叹息拊掌，咬牙切齿，摩拳擦掌，恨不得亲他们一下或咬他们一口，全看他们的行径品性。我总是被感动或激动。比如，在《诗经》中，我就被很多女人感动着——或者说被那永恒相传的可爱可敬的女性的可爱可敬的品性感动着，这种"可爱可敬"基因，代代相传，使我们知道什么是女人，我们为什么打心眼里爱女人、敬女人——在对女人的敬爱里面，有我们自己的高贵。女性的品性中包含了人性中所有的优点。

在《诗经》中最完美的女性，我以为便是那位卫国的女子——《卫风·氓》中的女主人公，一个臭男人（氓）的恋人、妻子和弃妇。是的，女性的美德与可爱，往往在与男性的恶德与可恨的对比中，才更为鲜明。

为了使我下面的议论言之有据，我先把此诗的全文引录在下面，并且逐句附上拙译。

氓之蚩蚩，	你一脸忠厚憨笑嗤嗤，
抱布贸丝。	抱着布匹来交换蚕丝。
匪来贸丝，	并不是真心来换丝啊，
来即我谋。	实是来找我商量婚事。
送子涉淇，	送你一直送过了淇水，
至于顿丘。	到了顿丘才依依不舍地分离。
匪我愆期，	并不是我推迟了婚期，
子无良媒。	而是你没请好媒人从中主持。
将子无怒，	请求你不要因此生气，
秋以为期。	约好秋天我俩就举行婚礼。

乘彼垝垣，	登上那颓败的墙垣，
以望复关。	把你迎亲的马车张望。
不见复关，	见不到你的马车，
泣涕涟涟。	伤心忧愁，眼泪涟涟。
既见复关，	看到了你的马车，
载笑载言。	满心欢喜，又笑又言。
尔卜尔筮，	你告诉我占了卜又算了卦，
体无咎言。	卦体上没有不吉的话。

以尔车来，　　赶来了你迎亲的车子，

以我贿迁。　　把我的嫁妆搬迁。

桑之未落，　　桑果没有落下的时候，

其叶沃若。　　它的叶子肥嫩而又茂密。

于嗟鸠兮！　　令人感慨呀那些可怜的斑鸠，

无食桑葚。　　不要贪食令你昏醉的桑果！

于嗟女兮！　　令人感慨呀天下痴情的女子，

无与士耽。　　不要在男人的爱情里沉迷！

士之耽兮，　　男人一时沉迷于爱情，

犹可说也。　　还可以轻松地摆脱，无情地抛离。

女之耽兮，　　女子一旦沉迷于爱情，

不可说也。　　就不可摆脱，身负羁绊。

桑之落矣，　　桑果落下的时候，

其黄而陨。　　它的叶子也就枯黄凋零。

自我徂尔，　　自从我嫁到你家，

三岁食贫。　　多年忍受着生活的赤贫。

淇水汤汤，　　淇水呀，无情东流，浩浩汤汤，

渐车帷裳。　　溅湿浸透我车子上的帷裳。

女也不爽，　　我并没有任何过错呀，

士贰其行。　　只是你做丈夫的前后不一，变化万方。

士也罔极，　　男子的心志本无一点的准则，

二三其德。	三心二意是他们的常德。
三岁为妇，	多年做你的媳妇，
靡室劳矣。	从不以家务事为苦，辛勤操劳。
夙兴夜寐，	起早又睡晚，
靡有朝矣。	度过了数不清的夕夕朝朝。
言既遂矣，	生活一天天顺遂了，
至于暴矣。	你开始对我越来越粗暴。
兄弟不知，	兄弟们不知道我的苦恼，
咥其笑矣。	他们在家里大声说笑。
静言思之，	独自追思这多年的婚恋经历，
躬自悼矣。	我只能自怨自艾，自哀自悼。
及尔偕老，	曾誓言白头偕老，
老使我怨。	这誓言徒增我的恨怨。
淇则有岸，	淇水再宽也有个岸，
隰则有泮。	漯河再广也有个边。
总角之宴，	想当年少年时的欢乐，
言笑晏晏。	你是那么能说会笑，温柔和悦。
信誓旦旦，	当初你对我赌咒发誓得真诚又明白，
不思其反。	没想到实际结局正好相反！
反是不思，	这大违初衷的结局我不愿再想，
亦已焉哉！	打起精神把过去的一切丢开！

　　此诗中，该女子的社会角色有三个：恋人、妻子和弃妇。她在扮演每一个角色时，都能恰如其分，而面对着社会角色的每一次变化，她又都能极其自然、自觉。我说她是完美的女人，即基于此——她是一个浪漫、多情、温柔的恋人，是一个贤惠、勤劳、善良的妻子，是一个自尊、自爱、自强的弃妇。

　　当那位满脸堆笑的"氓"来向她表达爱意时，情窦初开的她在送别恋人时，竟然"送子涉淇，至于顿丘"。

　　一路缠绵，一路温情，依依不舍，一程又一程。直到送过那汤汤的淇水，还不忍分别，又送到顿丘。这时，她给我们展现的就是恋人的那种纯情、活泼与浪漫，呈现出的就是在青春年龄，这个角色最为灿烂的美丽。

　　她的多情还体现在待嫁时的等待中："不见复关，泣涕涟涟。既见复关，载笑载言。"

　　何等真，何等痴，无一丝做作与矜持。既不同于礼教时代女子的木讷迟钝、遮遮掩掩，又不同于自由时代新女性的矫情做作、真真假假。在一个小小的对比中，她对此男的痴情，对嫁人的渴望表现得淋漓尽致。

　　出嫁了，她从一个少女变成了人妻。她所嫁之"氓"的家境，显然是贫寒的，因此，"自我徂尔，三岁食贫"，她早有心理准备而终于无怨无悔地承担了命运这样的安排。一切都是为了爱。此前是，此后的辛苦，也是。

　　"三岁为妇，靡室劳矣。夙兴夜寐，靡有朝矣。"一位浪漫缠绵的恋人，一变而为贤淑勤劳的妻子。角色的变化在她是那么自然、自觉。对女子而言，婚前的美德是天真、活泼与浪漫，婚后的美德是勤勉、贤淑与规矩。她可谓兼之矣！

　　不幸的是，好女人往往没有好命运，正如臭男人往往拥仙妻。此诗的第五章，在叙述完她如何勤劳操持家务后，紧接着就是让人猛吃一惊的一句："言既遂矣，至于暴矣。"

　　是什么时候，男子开始对她粗暴了呢？是在"既遂"之后。好一个"既遂"——当我经过辛勤的操劳，终于使得家业有成时，你就对我粗暴了。如果我们不从道德角度看问题，则可以说，婚姻乃是一种平衡。而许多婚姻悲剧的过程却往往是这样的：随着女子青春光彩的逐渐黯淡，她的砝码越来越轻；随着财富、地位的不断增加和提高，男子的砝码则越来越重了。令人不平的是，男子的财富与地位，往往由贤淑妻子的帮助而形成。从这一点看，是女子帮助男子打败了自己！《氓》中的女主人公正是这样：在家贫、劳累中，她逐渐苍老，而那个臭男人"氓"，却在她"夙兴夜寐"的操持下越来越体面风光了。于是对"黄脸婆"的妻子不再爱怜，甚至不惜暴虐以待；决定性的一步也终于到来，那便是将她弃逐出门！韩非子曾经给我们介绍过另一位卫国女子。她不那么贤惠与无私，甚至有些自私，但她显然较为明智：

　　卫人有夫妻祷者，而祝曰："使我无故，得百束布。"其夫曰："何少也？"对曰："益是，子将以买妾。"（《韩非子·内储说下》）

　　这个女子以为祷神即可出门撞大运，不可谓不愚，但她对自己

119

在婚姻中的处境却了然于心。是的，对于那些"二三其德"的男人，女人的极端手段便是：即便不能阻止自己这边砝码的减轻，也不要更多地增加男人的砝码。控制男人的办法之一，乃在使他们没有休妻再娶的条件。可惜《氓》之女主人公缺少这样的明智和自私，终究逃不过悲剧之命运！

朱熹曾就此诗的内容说过这样一段话："此淫妇为人所弃，而自叙其事以道其悔恨之意也。"我认为道学家的文学批评属于变态批评，可以单独给他们一个词，就叫"变态文学批评"。即如这首诗，我不知道朱道学凭什么说这个女子是"淫妇"。难道就凭这个女子那么多情，那么温柔，那么缠绵？可是这个女子即便在对恋人那么依依不舍时，仍保持着理智与冷静，没有与之私奔，而是坚持要明媒正娶，可谓"乐而不淫"。在"泣涕涟涟"地盼嫁，"载笑载言"地出嫁的热闹与兴奋中，她也仍不忘把男子拉到一边，追问他是否已为他们的婚姻占卜算卦，占卜算卦的结果如何。在得到"体无咎言"的神明启示，获得婚姻吉利的信念之后，她才放心又开心地允许那"氓""以尔车来，以我贿迁"。她对婚姻是何等慎重！

本来，一个女子要嫁给一个男人，假如不是受外力压迫而出于自愿，只需一个条件就够了：她爱这个男人。而这个古代卫国的女子，又在这个条件之上附加了新的条件：对婚姻未来的保障。我们也知道，这个保障对女子而言是自古至今也没有的，古代的法律可能会保障男人对婚姻的权利，却不保障女人的权利。现代的法律对女性的公平不是为女子添加男人原有的对婚姻的权利，而是取消男子在婚姻上的特权，让大家彼此平等。也就是说，现代法律不是用加法，而是用减法实现了男女的平等。这是非常正常且正当的，因为婚姻，是两个人的，也仅仅是两个人自己的事。是两个人的事，则若两人的情感并不同步，就必产生痛苦，这是无法调控的。而由于是两个人自己的事，外人与外力包括法律，就无权干涉。婚姻的自由是双重自由：不仅结婚是自由的，离婚也是自由的。而且，这是两个人的自由，不是两人中某一个人才有的自由，更不是两人之外任何人及社会力量的自由。

古代卫国的这个用心良苦的女子，她也知道人间的法律等不能给她任何保障，她只能祈求命运，只求神灵能对她的这桩婚姻的未来给予相应的启示，以使她能做出正确的决定。如果说第一个条件——她爱他，是感情，那么第二个条件——对婚姻未来的关注，则就是理智。一个女子对自己的婚姻如此理智、冷静、认真、严肃而绝不作一点马虎与苟且，朱道学凭什么污人清白，说她是淫妇？

但是，神灵的启示毕竟出于玄虚。她的婚姻也正如她担心的那样——她当初那么谨慎、担心，正可能是她看多了类似的婚姻悲剧——走到了尽头。她被遗弃了，成了一名弃妇。由于她此前足够的谨慎小心，足够的尽职尽责，"女也不爽"是她对自己历来行为的自信判断，她有足够的道德感支持她的愤怒、不平甚至报复的行为，但她只是在恻然地回忆过当初两人"言笑晏晏""信誓旦旦"之后，颇轻蔑地说了一句"反是不思，亦已焉哉"，以她一贯的冷静、理智，给这一悲剧画上了"怨而不怒"式的句号。是的，对自己，她是"哀而不伤"的，没有让自己过多地沉湎于悲哀之中，更没有寻死觅活投水上吊；对对方，她是"怨而不怒"的，没有让自己过多地积聚不良心理能量，从而产生仇恨、报复心理，撒泼弄刁，鱼死网破。她是自尊的、自爱的、自重的。婚姻虽然破裂，生活还在继续。婚姻虽然失败，但人不能失败，也没有失败。像她这样的女人，我们相信，会挺过来。

关于这场婚姻悲剧的根源，新中国成立以来的学者们大多以为是由于封建礼教和夫权社会导致的。甚至有些大学教材为了突出"夫权"制的罪恶，硬要把"兄弟不知，咥其笑矣"解释为"兄弟们对我大声嘲笑"。他们的逻辑是：兄弟是男人，男人都是夫权制的受益者和拥护者，所以，兄弟与"氓"是同伙，看到"氓"把他们的姐妹遗弃回家，他们也对她大声嘲笑，以欢庆男人的胜利、夫权的胜利。这种逻辑是荒谬的，因为它不符合基本的人情世故。

我的观点是，就诗论诗，这首诗中除了叙及女子与"氓"，没有第三人。即便是暗示性的，也只是可能存在的"第三者"：这个男子可能是喜新厌旧，那么，这个"新"就是潜在的人物。除此之外，这首诗没有另外的人介入。我的意思是说，无论该女子与"氓"当初恋爱、结婚，还是后来被弃，都不是外力介入导致的。我们比较一下汉代的焦仲卿、刘兰芝的爱情婚姻悲剧，就可以看得更清楚了。焦、刘的婚姻破裂以至于彻底绝望而双双殉情，是由于双方家长的介入，先是焦母，后是刘兄。是谁赋予了他们拆散二人的权力？是封建礼教。所以，我们可以理直气壮地说，焦刘的爱情悲剧，是封建礼教造成的。但《氓》诗中的爱情悲剧，则是由于他们自己内部出了问题：

桑之未落，其叶沃若。

……

桑之落矣，其黄而陨。

这两句的比喻义是：当我年轻貌美的时候，我们的爱情是深厚的；当我年老色衰时，你对我的情意也如秋天的桑叶一样凋落了。而该女子愤怒痛斥的，也是"士贰其行""士也罔极，二三其德"。她自己认定是她的丈夫背叛了她，而不是由于其他外在力量。试问，在今天，假如一个丈夫铁了心要与妻子离婚，哪怕是出于喜新厌旧等不道德的原因，我们的学者能否有办法阻止？值得注意的是，在她的谴责里，她指出她丈夫的这种背叛是违背道德的——好极了！道德是什么？是社会共同遵守的行为规范。那么，女子对"氓"的斥责，恰好说明了，当时的社会道德观念是站在女子一方的，是男子把她和道德一起遗弃了。道德不是罪恶的同谋，而是受害者。

如果我们一定要坚持这场悲剧的实质是由于"男女在婚姻上的不平等"，那我要说，男女之不平等，约有两端。一可曰"社会的不平等"，尤以封建礼教时代为甚；一可曰"自然的不平等"，即两性在生理特点上的不平等，如罗丹所言，女子的青春更短暂。一般而言，对男子，人们更看重他的社会属性；对女子，人们更看重她的自然属性。在婚姻条件中，女子的自然优势（青春美貌）只能随着年龄的增加逐渐丧失，而男子的社会地位、影响力，包括财富的数量等，则往往随着时间的推移而增长。这就使得男女两性在婚姻的天平上呈相反的趋势——婚姻悲剧往往就在此时出现了。

《诗经》中反映此类悲剧的诗篇很多，《邶风·谷风》就与此篇十分相似。"有女仳离，慨其叹矣。慨其叹矣，遇人之艰难矣"（《王风·中谷有蓷》），很准确地道出了悲剧的典型原因。

这种"遇人不淑"的慨叹是古今中外很多不幸女子的共同叹息。有一位很认真的、我很尊敬的编辑同志，在我的一篇讨论此诗的文章最后，代我加上了以下一段话：

> 勤劳的女人既然为家业有成作出了贡献，为什么却无法掌握家门之大权？倘若《氓》中的女主人公生活在"母权制"时代，"好色"的男人又怎敢将她驱逐出门？那时战战兢兢卷起铺盖上路的，就应该是不再"蚩蚩"的"氓"自己了。因此看来，在《氓》之女主人公的悲剧中，最终还有着社会制度因素的主宰。

他的结论不错，但是，当我有一次在课堂上把他的这段话复述给学生听时，马上有一位学生说：母权制也好，现代的社会制度也好，确实可以保护女子的经济利益，甚至可以让男人卷起铺盖上路，但并不能保障她们的婚姻。——这就是关键！我的这位学生很能区别不同的问题。现代的发达男人往往用经济补偿的方式来换取离婚，达到停妻再娶的目的，而女子似也无法得到更多。现代法律也只能为婚姻中弱势的一方做这么多了，过此，就越轨违宪了。

我相信，《氓》诗中的女子，她最痛苦的，是婚姻的破裂与爱情的创痛。即便是我们告诉她，她不必走，她可以把那个"氓"赶出家门，她的痛苦也许会减轻，但不会消失。我也不相信在男女两性间搞一场"以暴易暴"式的"革命"，有什么价值。难道这类在古代文学作品中大量存在的"弃妇诗"，其道德价值，就是鼓励人们把悲剧从女人身上转嫁到男人身上？这样，社会就进步了？

我在课堂上还提醒学生注意这位女子对"氓"的称谓的变化：在未有关系之前称"氓"；在相爱之后称"子"，敬爱之词；被遗弃后在念及他时称之为"尔"，颇含蔑视。而在叙及悲剧时：

> 于嗟女兮！无与士耽。
>
> 士之耽兮，犹可说也。
>
> 女之耽兮，不可说也。

——令人感慨啊女人们，不要和男人沉湎于爱情。男人沉湎于爱情还可以摆脱，女人沉湎于爱情，就不可摆脱了。

以及第四段"女也不爽，士贰其行"，又都称对方为"士"，且自称"女"。"士"为男人之通称，"女"为女人之通称。然后我和我的学生们一致得出了这样的结论：

诗人用自己的婚姻悲剧为案例，实际上是提出了一个永恒的问题：所有的男人（士）和女人（女）以及他们的婚姻，都必须面对这样的悲剧，都笼罩在这种悲剧的阴影之下。这种悲剧当然不是在每一桩婚姻中发生，但在每一桩婚姻中都可能发生。悲剧之令我们恐惧，不是由于它必然发生，而只是它可能发生。《孔雀东南飞》式的悲剧可以消除，因为那样的社会及其不合理的法律与道德消失了。而《氓》式的悲剧不可能消除，因为导致悲剧的原因并没消除，且也许永远不会消除。导致这种悲剧发生的根子，在我们人性的深处。要知道，导致爱的消失的力量，正是当初导致爱的产生的力量，是我们人性的弱点导致了悲剧的发生。

荀子曾在《性恶》一文中对人性的丑恶痛加指责，并大发感慨："人之情乎！人之情乎！甚不美，又何问焉？"

而他指责的这种"不美"而丑陋的人性，就包括"好声色"。他的学生韩非子更明确地说：

夫妻者，非有骨肉之恩也，爱则亲，不爱则疏。……丈夫年五十而好色未解也，妇人年三十而美色衰矣。以衰美之妇人事好色之丈夫，则身见疏贱。（《韩非子·备内》）

唉，夫妻为人伦之始，是一切亲戚关系的源头。但这无比重要的人伦建筑，却建立在如此脆弱的基础上。这个脆弱的基础，就是"爱"。它随时可能消失，而它消失的时刻，就是悲剧诞生之际。

劳 碌 人 生

我发现，我们的历史一直是睡眠不足的历史，并且睡眠不足成了道德的象征。自古以来，我们勤劳的女人就"夙兴夜寐，靡有朝矣"（早起晚睡，度过了数不清的夕夕朝朝）（《卫风·氓》）。

这是远古时代卫国的女人。汉末建安中庐江郡的女人刘兰芝是"鸡鸣入机织，夜夜不得息"（《孔雀东南飞》）。

这些女人正因其睡眠不足而成就其贤德。

而我们的男人，则以其睡眠不足来成就其事业，"三更灯火五更鸡，正是男儿发奋时"。苏秦"读书欲睡，引锥自刺其股，血流至足"，然后才能游说诸侯，而挂六国相印，名震天下。

从远古的女人到当今的打工妹，从苏秦到今日的学生哥，我们一直用毅力和我们的瞌睡较量。这一类作为道德事迹而被记载的故事与教导充斥了我们的典籍，"日出而作，日入而息"成为一种过时的落伍的消极而不求上进的生活方式，并被我们抛弃。

我们的文化一直在催逼我们勤奋辛劳而避免安逸。正如汤因比说的，黄河流域的自然条件决定了我们文化的辛苦特色；也正如马克思朦胧提到的，亚细亚生产方式是建立在落后的生产力基础上的。我们不得不日夜自苦不息，不得不"夙兴夜寐"，以精神与体力的加倍付出来维持生存。现在，我就以《诗经》这部最古老的记录民族感伤情怀的作品为例，与大家一同读读其中的几篇与睡眠有关的诗。

在《诗经》里，我们已经受到这样的告诫——

嗟尔君子，无恒安处。

靖共尔位，正直是与。（《小雅·小明》）

——唉，各位君子，不要贪图安居逸处，尽力履行你的职责，与那些正直的人站在一起。

可是，履行职责到什么境地，才算勤勉了呢？

夜如何其？	夜到啥时辰？
夜未央。	夜还未过半。
庭燎之光。	朝廷火烛亮。
君子至止，	君子已上朝，
鸾声将将。	铃声响当当。（《小雅·庭燎》）

这响当当的铃声多让人心烦啊。《左传》中记录了不少的忠直大臣确实是半夜就起床，穿戴整齐准备上朝的。我们夸奖国君勤政爱民，也有一个专门的词，特别提及他的早起：宵衣旰食。早上起得早，晚饭吃得晚。但是，正像我们可以想象得出的，历史上总有更多的国君不能抗拒懒觉的诱惑，从而"不早朝"。我们的生物特

性与我们的社会属性一直在较量。我们一般人只记得被白居易取笑过的唐明皇，他在爱上杨贵妃后，"春宵苦短日高起，从此君王不早朝"。我这儿再给诸位提供一个，他先于唐明皇而不早朝，也被诗人取笑，可我觉得那是善意的、宽容的笑——谁能再对劳累不堪的人发怒？

　　鸡既鸣矣，朝既盈矣。

　　这位齐国的国君，上朝的时候到了，他的"贵妃"叫他，推他，撩他的鼻孔痒痒他：鸡已经叫啦！朝廷上大臣都到齐啦！

　　可是这个懒家伙眼也不睁，迷迷糊糊地哼唧道："匪鸡则鸣，苍蝇之声。"不是鸡叫嘛，是苍蝇在嗡嗡。苍蝇嗡嗡声和鸡叫也能混淆？这家伙端的睡得昏沉。

　　"东方明矣，朝既昌矣。"——东方已亮了，朝廷上人声鼎沸了！可他再一次闭眼说瞎话：

　　"匪东方则明，月出之光。"——不是东方明，而是月光亮。

　　读到这儿，我真是又同情他又喜欢他。我就是喜欢那些睡懒觉的人，曾有一个和我同室的家伙，勤快得不得了，每天一早起来又抹桌子又拖地，还把豆浆油条买回来喊我同吃，我就是不喜欢他。他让我觉得生活太琐碎而劳累啊！

　　"虫飞薨薨，甘与子同梦。"（以上《齐风·鸡鸣》）多么温柔可爱的女子——我愿与你在虫声中做梦。唉，谁能在我们瞌睡时，不是叫醒我们，不是告诫我们，而是与我们一同做梦？这样的好女人在哪里？

还有一首《女曰鸡鸣》，是写一对新婚夫妇的，丈夫大概是个猎人。

女曰："鸡鸣。"	女人说："鸡叫啦。"
士曰："昧旦。"	男人说："早着呢。"
子兴视夜，	那你起来看看天色？
明星有烂。	天上星光灿烂。

接下来，便是这位女子哄他起床：你打野鸭和大雁，我来为你烹佳肴。喝着美酒吃着美味，与你恩爱直到老。又弹琴来又鼓瑟，生活旋律多美妙。

可是，此刻必须起床。生活也就从这一刻起，不大美妙。

这还都是温柔的起床铃，如果是被人驱遣的小公务员呢？

东方未明，颠倒衣裳。

颠之倒之，自公召之。（《齐风·东方未明》）

一边起床，一边腹诽不已：东方还未亮，颠倒穿衣裳。为啥穿颠倒？公家催得慌。好可怜的。

走出门，走在上班的路上，所见所闻所感又怎样呢？

嘒彼小星，三五在东。

肃肃宵征，夙夜在公。

寔命不同！（《召南·小星》）

——天上几颗小星星，三三五五挂东方。急急忙忙我上路，起早贪黑为公务——唉，我的命苦！

可谁能在人生中免于劳碌之苦呢？贵为天子，大禹"身执耒臿，以为民先，股无完胈，胫不生毛"（《韩非子·五蠹》），亲自拿着农具，带头下田，不光是大腿累得精瘦，连小腿上的汗毛都掉光了。这是好天子。坏天子如秦始皇，每天得看完几百斤重的奏章才睡觉——当然那时的奏章是用竹简写的。况且不做好天子就要亡国。做天子苦，做大臣苦，做公务员苦，做农夫苦，做自由职业者苦，做学者教授同样苦——孔子说他诲人不倦，实际上只是他毅力特强，不怕疲倦罢了，他哪能不倦？墨子甚至弄得"摩顶放踵"——头顶秃了，脚跟肿了。

我们民族是一个劳累过度的民族，是一个从来也没有稍息一下喘口气的民族。我们讲克勤克俭，讲艰苦奋斗。勤是要马跑，俭是要马不吃草；奋斗是劳动，艰苦是没劳保。最后干脆是一不怕苦，二不怕死，苦到极点，岂不就是死？这一和二，不是并列关系而是承接关系。唯有死，才能让我们脱离苦海：

子贡（端木赐）问于孔子曰："赐倦于学矣，愿息事君。"孔子曰："……事君难，事君焉可息哉！""然则赐愿息事亲。"孔子曰："……事亲难，事亲焉可息哉！""然则赐愿息于妻子。"

孔子曰："……妻子难，妻子焉可息哉！""然则赐愿息于朋友。"
孔子曰："……朋友难，朋友焉可息哉！""然则赐愿息耕。"孔
子曰："……耕难，耕焉可息哉！"

"然则赐无息者乎？"孔子曰："望其圹（坟），皋如也，巅如
也，鬲如也，此则知所息矣。"

子贡曰："大哉！死乎！君子息焉，小人休焉。"（《荀子·
大略》）

学习累，事君累，事亲（父母）累，与妻子儿女同住累，与朋友
相处相交累，当隐士去种田怎样？更累。是啊，无论君亲，无论妻
子，无论朋友，他们谁让我们歇着？可怜的子贡，他简直无处藏身，
他要稍息一下却无处伸脚。他悲哀地问老师："那么我端木赐就永不
得休息吗？"老师的回答好残忍：你看到那远处的坟堆了吗？高高隆
起，如山顶，如鼎鬲，那就是你将来休息的地方。子贡悲欣交集：伟
大啊！死亡！君子可以凭此安息，小人可以赖之休恬。

有一段时间，我有一种萨特式的写作神圣感，好像我们的写作
就是要推迟人类末日的到来，写到极累时，更有一种悲壮感，觉得
自己好了不起呵，便特别喜欢《小雅·十月之交》的句子：

四方有羡，我独居忧。
民莫不逸，我独不敢休。

可是，茫茫人海，哪一张脸不憔悴，哪一颗心不疲惫，哪一副

肩膀不负累？没有谁能帮我们，是我们自己支撑自己的天空使之不坠，踏实自己脚下的大地使之不陷。我们要生活，我们就要竭尽全力。且让我也学孔子，删一回《诗》：

四方无美，岂我独忧。
民莫不劳，我亦不能休。

约　会

月上柳梢头，人约黄昏后。约会，一直是男女爱情的基本形式，并且也是最浪漫最激动人心的形式。

中春之月，令会男女。于是时也，奔者不禁。若无故而不用令者，罚之。司男女之无夫家者而会之。（《周礼·地官·媒氏》）

女子无夫，男子无家，便可在仲春之月不受约束地相会相恋。可以看出，那时的礼教远没有后世严厉，甚至可以说是非常开放的。因此他们可以在这个爱的季节里自由寻找爱的方向，尽情享受爱的甜蜜。我常在想，沉醉在《诗经》时代最灿烂的春天里的那些年轻人，实在是漫长的历史岁月中最幸运且幸福的人了。

由郑、卫等地兴起的二月桃花水、三月上巳节活动的主要内容，除了女巫、官吏们在水边举行一些招魂续魄的迷信仪式之外，更重要的便是全国的老百姓要到河边"祓除岁秽"，洗濯劳累了一年的身心。而普通的青年男女在这时也纷纷放下手中的劳作，换上漂亮的衣服到河边去聚会相亲，开始他们的"第一次亲密接触"。

溱与洧，	溱水流，
方涣涣兮。	洧水涨。
士与女，	小伙子和大姑娘，
方秉蕑兮。	人人手中兰花香。（《郑风·溱洧》）

　　有时候他们也会在南面平原上的集市举行跳舞派对，这种舞会总是会吸引美丽而又勤劳的纺织女参加。

　　穀旦于差，南方之原。
　　不绩其麻，市也婆娑。（《陈风·东门之枌》）

　　——吉时选定，在南边的平原上。不搓麻线，到集市上舞一场。总之聚会的地点大多是在码头或是集市等车马喧嚣的闹市，场面盛大壮观且充溢着生命的朝气。

　　出其东门，有女如云。
　　虽则如云，匪我思存。
　　缟衣綦巾，聊乐我员。（《郑风·出其东门》）

　　对于认真寻找心上人的男子们来说，虽然美女如云有些花眼，但还是要仔细地挑选自己最中意的那个她。
　　当遇见自己喜爱的对象，通常男女青年便会以交换信物来表达爱意。

投我以木瓜，报之以琼琚。

匪报也，永以为好也。（《卫风·木瓜》）

——姑娘看上了帅气的小伙，顽皮地将木瓜扔在小伙怀里。小伙也喜欢这个活泼靓丽的姑娘，于是解下身上佩戴的玉佩相赠，并诚恳地说明：这不是什么酬报，而是我想永远和你相好。

但多数情况下男孩只会夸姑娘像花一样美，然后就厚着脸皮向姑娘讨信物，这个套路千年未变，只不过今天索要的变成了手机号码。

"视尔如荍，贻我握椒。"（《陈风·东门之枌》）你像锦葵一样美丽，请将你手中的香椒赠给我。但是女孩却毫不客气地嘲笑说："不见子充，乃见狡童。"（《郑风·山有扶苏》）唉，没见到白马王子，却遇上个呆青蛙。在这种调侃和嬉闹中，大家慢慢地熟悉起来，慢慢从朋友成为恋人，分手告别时自然也不忘依依惜别一番：

遵大路兮，掺执子之手兮，

无我魗兮，不寁好也！（《郑风·遵大路》）

——携手走在回家的路上，分别时拉着手，最想要说的话就是：请你不要嫌弃我，也请你不要忘记我。

当然，如果感觉情投意合，大多数恋人便会相约再次见面的时间和地点，以便单独幽会。当时的幽会圣地除了郑国的溱水、洧水岸边，还有卫国淇水之岸以及广大乡村的桑间濮上。

> 期我乎桑中，要我乎上宫，
> 送我乎淇之上矣。（《鄘风·桑中》）

从中我们可以看出当时幽会的流程和线路图。

约会让人激动，却也让人担心：约好了的时间，那个约好了的人，会来吗？

有杕之杜，	孤单的杜梨树，
生于道左。	长在路左边。
彼君子兮，	那个人儿啊，
噬肯适我？	可愿来我这？
中心好之，	心中喜爱他呀，
曷饮食之？	用什么招待他？（《唐风·有杕之杜》）

有意思的是，在《郑风》中，无论在语言还是在感情的坦率程度上，女性都远比男性大胆、直率。她们的内心像水晶一般透明，无论爱恨情仇，还是私情幽约，全都通过真实热烈的语言坦然直接地表露出来。率真的性格使邀约和约会多数都是女子采取主动。用朱熹夸张的话就是："郑皆为女惑男之语。"这便是郑国女子可爱之处：除了"华色含光，体美容冶"的美貌外，个性大胆泼辣，对于感情坦诚直接，敢爱敢恨。

先来看一位美丽的郑国姑娘邀请自己倾心已久的男子：

女曰："观乎？"
士曰："既且。"

姑娘对男子说：去河边看看吧？男子老老实实地回答："已经去过了。"显然这个回答不是姑娘想要的结果。女孩有些急了：

且往观乎？
洧之外，洵讦且乐。

暗示没用，干脆就明示："再去一次吧，洧水之外，那宽广的天地我们可以纵情欢乐。"

维士与女，伊其相谑，
赠之以勺药。（《郑风·溱洧》）

结果是约会成功，他们在歌声和笑声中相互戏谑，并互赠芍药。这就是郑国女子可爱之处。别的地域的女子不一定像郑女这样热情奔放，但也远不像后世女子那样在恋爱中娇羞被动。再来看：

静女其姝，俟我于城隅。
爱而不见，搔首踟蹰。

女孩约男子在城隅相见，可是男子左等右等不见女孩人来。"搔首踟蹰"四个字活脱脱地刻画出这个憨厚的小伙心急如焚的神态。

静女其娈，贻我彤管。
彤管有炜，说怿女美。

这时姑娘出现了，并送上一根红色的小草。小伙哪还顾得上埋怨，喜出望外地说：这草真美。

自牧归荑，洵美且异。

荑：音提，白茅，象征婚媾。女孩先说这是刚从牧场为你采摘的，能不美吗？接着俏脸一变，故作生气地问道：你说草美，意思就是我不美啰？憨厚的小伙哪禁得住这招，面红耳赤结结巴巴地分辩：

匪女之为美，美人之贻。（《邶风·静女》）

——不是草本身有多美，而是因为它是你，我心中最美的人儿送的。

不是每个等了半天的恋人都像上边这个小伙子那么幸运。所以又出现另一个问题，那就是约会不至。我们来看这位男子的遭遇：

东门之杨，其叶牂牂。

昏以为期，明星煌煌。（《陈风·东门之杨》）

这位男子从黄昏等到夜半，心上人还是没有出现。但是从诗中明亮的夜星和茂盛的杨树叶的意象来看，他对未来还是充满着希望的。这种焦急的等待，只是一种甜蜜的烦恼。

因故爽约的女子也备受思念的煎熬：

青青子衿，悠悠我心。

纵我不往，子宁不嗣音？（《郑风·子衿》）

男子青色的衣领和音容笑貌都深深刻在女子心里。眼见几天过去了，女子有些埋怨：就算我没去，你就不能托人捎带音讯吗？你可知道人家在思你念你，度日如年？"一日不见，如三月兮。"

但是也不是每位郑女都如此多情婉柔的，再看这位小姐：

子惠思我，褰裳涉溱。

子不我思，岂无他人？

狂童之狂也且！（《郑风·褰裳》）

我们仿佛看见一位生气的年轻姑娘一边赌气地将石子扔进溱水，一面嘟囔骂着没有出现的男主角：说是爱我想我，怎不提衣过河？你不想我，难道就没有其他人追求我？傻小子你也太狂妄了。

敢爱敢恨，这就是郑女泼辣的一面。

有时候还会遇到急不可耐的莽撞小伙不顾一切排除万难地要和心上人见面，而他的莽撞却吓坏了胆小怕事的姑娘：

> 将仲子兮，无逾我园，
>
> 无折我树檀。
>
> 岂敢爱之？畏人之多言。
>
> 仲可怀也，人之多言，
>
> 亦可畏也。（《郑风·将仲子》）

——求求你啊小二哥，不要钻进我后园，不要折断檀树枝。岂是爱惜那树枝？就怕别人闲言语。小二哥我心里爱，闲言碎语我更惧。

对于想要爬墙幽会的男子，女子表现出又爱又羞的心理：既期待与心上人相会，又担心父母兄弟等人发觉，并提出人言可畏的说法。唉，男女幽会，在文明社会，总要承受一定的舆论压力。

还有一些一见钟情、私订终身的情况。

> 野有蔓草，零露漙漙。
>
> 有美一人，婉如清扬。
>
> 邂逅相遇，与子偕臧。（《郑风·野有蔓草》）

这首诗便是描写一次罗曼蒂克的相遇。两人邂逅，互生爱慕，携手走向幽深处，共度好时光。

有时候这些爱的火焰燃烧得十分炽烈，那种如火燃烧的激情甚至在千年之后的今天，我们仍无法直面。我们来看这位猎人求婚的故事：

野有死麕，白茅包之。

这位英俊威武的猎人用白茅包好自己刚猎杀的獐鹿，经过少女的家门口。

有女怀春，吉士诱之。

看到初长成的少女情窦初开，正值年少的猎人便用獐鹿做话题挑逗她。

林有朴樕，野有死鹿。
白茅纯束，有女如玉。

——林中有树可做喜烛，我在林中奋勇杀鹿。你看那捆鹿的白草多么洁白，不过那也比不上姑娘你如白玉那样纯净。依旧是老套路，不过与毛孩子不同的是，猎人直接求爱。接着是少女的回答：

舒而脱脱兮！无感我帨兮！

——你要想和我亲近，一定不能鲁莽啊，要守规矩。一定不能动我腰上的佩巾啊。

无使尨也吠。（《召南·野有死麕》）

——还有还有，不管做什么，别让屋后的狗叫起来啊。

这段"我"为主语的主动语句出于这一位情窦初开、天真烂漫的少女口中，对情的向往和爱的追求如此热辣，这位女子不愧"辣妹"的称号。

《诗经》中的这些天真烂漫的情爱诗，是《诗经》时代那些年轻男女的第一次亲密接触，也是华夏民族在童年期的真情流露。虽然这些诗句中的那些可贵的个性张力和追求爱情的勇气在岁月变迁中渐渐消隐不显，但是我们至少知道：在很久很久以前，我们有一个浪漫的时代……

酒　　经

　　酒是上天赐予人类最好也是最坏的礼物。它能给诗人无限的灵感，也能使亲人和睦、朋友欢好。在古代，它甚至能倡导文治武功，促进社会安定。但是它也能使人酗酒失德，身败名裂。翻看史册，因沉嗜杯中物而亡国破家的昏君也不在少数。建安七子中的王粲在著名的《酒赋》中，更是把它看成关系国家安危和社会治乱的非同寻常的物品：

　　章文德于庙堂，协武义于三军。致子弟之孝养，纠骨肉之睦亲。成朋友之欢好，赞交往之主宾。既无礼而不入，又何事而不因。贼功业而败事，毁名行以取诬。遗大耻于载籍，满简帛而见书。孰不饮而罗兹，罔非酒而惟事。

　　酒的来源要追溯到远古以水果和动物的乳汁为食的年代。由于这两种食物极易发酵，在偶然的一天，我们的祖先品尝到了发酵后飘溢着浓香的甜美液体，这便是原始的果酒和乳酒。从此人类的生活就和这神奇的水密不可分了。当农业发展到一定程度，为了享受到更加清香醇美的佳酿，先民又开始用剩余的粮食酿酒。刘安在

《淮南子》中便提到："清醠之美，始于耒耜。"在《诗经》中我们也能看到农业活动中酿酒的描写：

六月食郁及薁，	六月吃李和葡萄，
七月亨葵及菽。	七月煮葵和大豆。
八月剥枣，	八月去打枣，
十月获稻。	十月收水稻。
为此春酒，	稻子收来酿春酒，
以介眉寿。	祈求延年又益寿。（《豳风·七月》）

但是受到生产力的制约，酿造一点酒也很不容易。人们清楚地了解丰收的喜悦来自先祖神灵的保佑，因此辛苦劳作一年的人们将美酒作为祭祀神祇和先祖的祭品，"为酒为醴，烝畀祖妣"（《周颂·丰年》），与神灵共享同庆，祈求来年丰收。

楚楚者茨，	蒺藜密簇的山冈，
言抽其棘。	人们抽除荆棘忙。
自昔何为？	先祖为何如此苦？
我艺黍稷。	为种稻谷和高粱。
我黍与与，	看那稻谷多又黄，
我稷翼翼。	看那高粱密又长。
我仓既盈，	如今粮食堆满仓，
我庾维亿。	囤放野外难估量。

以为酒食，	多余粮食酿酒食，
以享以祀。	享献神祇和祭祀。
以妥以侑，	敬请尸神来享用，
以介景福。	祈求更大的幸福。（《小雅·楚茨》）

待到盛大隆重的祭祀礼仪即将结束，我们看到的又是另一种气氛：

礼仪既备，钟鼓既戒。	
孝孙徂位，工祝致告。	
神具醉止，皇尸载起。	
鼓钟送尸，神保聿归。	
诸宰君妇，废彻不迟。	
诸父兄弟，备言燕私。（《小雅·楚茨》）	

——仪式一一结束，钟鼓之乐接近尾声，孝子回到主祭的位置时，太祝宣布活动结束。皇尸们和他们代表的神灵都喝醉了酒，红着脸起身归位，在钟鼓乐声中跟跟跄跄地离去。接着厨师和主妇便迅速地把席位收拾干净，叔伯兄弟聚在一块，开怀畅饮，谈笑风生。

正因为酒是连神仙都无法抵御的美妙之物，所以我等凡人除了祭祀后要喝酒，农事之后也要喝："朋酒斯飨，曰杀羔羊"（《豳风·七月》）；凯旋后也要喝："饮御诸友，炰鳖脍鲤"（《小雅·六月》）；会猎后也要喝："以域宾客，且以酌醴"（《小雅·吉日》）。总之有什么大事小事都要喝喝酒。

重要事情要喝酒，招待客人就更要喝酒了。中华民族有着好客的传统，无论君臣相宴还是亲朋相聚，都以美酒佳肴待客。"彼有旨酒，又有嘉殽。"（《小雅·正月》）

时至今日，诗中描写的丰盛的酒菜仍让我们感到食指大动，垂涎欲滴。

鱼丽于罶，鲿鲨，

君子有酒，旨且多。（《小雅·鱼丽》）

我们在《诗经》中多次看见一句话："既醉既饱"，按照现在的说法就是酒足饭饱，这便是当时幸福生活的标准：

既醉以酒，　　醉因您给予我酒，

既饱以德。　　饱因您施于我德。

君子万年，　　君子享寿万万年，

介尔景福。　　愿天赐您大幸福。（《大雅·既醉》）

大富之家备办了丰盛的酒席：

为宾为客，献酬交错。

礼仪卒度，笑语卒获。（《小雅·楚茨》）

敦弓既坚，四镞既钧。
舍矢既均，序宾以贤。（《大雅·行苇》）

好酒好菜好音乐，宾主一边大斗酌酒，举杯欢呼，一边进行投壶发矢的游戏，让美酒顺着胡须洒满衣襟，让幸福和睦的气氛化作浓浓的酒香。

酒还能促进兄弟手足情意：

傧尔笾豆，饮酒之饫。
兄弟既具，和乐且孺。（《小雅·常棣》）

——摆上笾儿豆儿，饮宴心满意足。兄弟聚在一起，相爱又和睦。

伐木于阪，酾酒有衍。
笾豆有践，兄弟无远。（《小雅·伐木》）

——伐木在那山坡上，筛酒溢出酒碗边。笾儿豆儿摆成行，兄弟亲爱不疏远。

幡幡瓠叶，采之亨之。

君子有酒，酌言尝之。（《小雅·瓠木》）

——瓠叶翩翩飞，采来烹食它。君子有美酒，斟上尝尝它。

有兔斯首，炮之燔之。

君子有酒，酌言献之。（《小雅·瓠叶》）

——白头小兔子，裹泥烧熟它。君子有美酒，斟上献大家。

无论是在伐木的林场，还是在简陋的家中，只要兄弟朋友在一起喝喝酒，一碟素菜、一只兔子，也可以喝出浓浓的手足之情、肝胆之义。

从《诗经》中出现的数十种酒器的名称，我们能看出，酒对于当时的社会生活已经起到了非常重要的作用。

鼐鼎及鼒，兕觥其觩。（《周颂·丝衣》）

酌之用匏。（《大雅·公刘》）

洗爵奠斝。（《大雅·行苇》）

不但酒器种类繁多，就算同种酒器造型也多种多样。以尊为例，就有象尊、犀尊、牛尊、羊尊、虎尊等类型。周礼还规定喝酒的礼仪，甚至规定不同身份的人使用不同的饮酒器，如“宗庙之祭……尊者举觯，卑者举角"（《礼记·礼器》）。

酒及酒器本来就是礼的重要组成部分。

虽然关于饮酒的礼仪和酒宴的礼仪有许多学者作出了很多的考证分析，但其实喝酒如果讲太多的规矩，不能尽兴痛饮，甚至不能借酒发点小酒疯，那就索然无味了。而《诗经》关于饮酒的态度确实比较收敛。普遍的观点认为：

> 人之齐圣，饮酒温克。
>
> 彼昏不知，壹醉日富。（《小雅·小宛》）

喝酒节制的人是明智正派的，而聚众狂醉的人是糊涂蛋。这正是我们严谨收敛的民族性格在饮酒上的表现。

但是我们还是能在《诗经》中顺着浓烈的酒香循味而去，找到一些可爱的酒鬼：

> 湛湛露斯，匪阳不晞。
>
> 厌厌夜饮，不醉无归。（《小雅·湛露》）

——他们摇着头，拉着手嘟囔着：露水不见太阳不会干，你——不喝醉了不许回去。

就像今天的劝酒词"感情深一口闷，感情浅你也要舔一舔"一样，目的都是把对方喝趴下。有的酒量大的朋友，喝得气宇轩昂，豪气冲天，潇洒无比，甚至让女孩子心仪不已：那么多饮酒的，谁也比不上我的小哥哥!

> 岂无饮酒? 不如叔也。(《郑风·叔于田》)

但也有一些酒后乱性失德的哥们,喝醉后做出一些令人哭笑不得的举动。你看看这位仁兄,在酒宴刚开始的时候,他还是威仪堂堂、老老实实地按照酒礼规矩听听音乐投投箭。不一会儿就被别人灌得昏昏沉沉,脸也红了,脚也飘了,舌头也打卷了,变得威仪尽失了。

> 其未醉止,威仪反反。
> 日既醉止,威仪幡幡。(《小雅·宾之初筵》)

接下来这一段对酒鬼的精彩描写真是最传神之笔:

> 舍其坐迁,屡舞仙仙。
> 其未醉止,威仪抑抑。
> 日既醉止,威仪怭怭。
> 是日既醉,不知其秩。
>
> 宾既醉止,载号载呶。
> 乱我笾豆,屡舞僛僛。
> 是日既醉,不知其邮,

> 侧弁之俄，屡舞傞傞。
>
> 既醉而出，并受其福。
>
> 醉而不出，是谓伐德。
>
> 饮酒孔嘉，维其令仪。（《小雅·宾之初筵》）

——离开了座位到处跑，歪歪扭扭乱蹦跳。没醉时候谨慎小心，一醉后就开始轻佻。这一醉就神魂颠倒了。客人们喝醉后一会儿号啕大哭一会儿傻笑，酒也撒了盆也翻了，踉踉跄跄把舞跳。这一醉就忘乎所以了，歪戴着帽子横着走路，狂舞停也停不住。醉了你就回家去，那算主人福气好；醉了不走光闹腾，那叫缺德受不了。喝酒本是好事情，礼仪秩序要遵照。

当我看到"既醉而出，并受其福。醉而不出，是谓伐德"时，仿佛看见主人苦恼气愤却又硬堆出的笑脸。这实在是千年来对于酒后失德的客人心中咒骂，却又无可奈何的主人们的共同心声。

而如果这醉汉是天子的话，麻烦就大了，他听到好听的就应答，听见批评就装醉——"听言则对，诵言如醉"（《大雅·桑柔》）。最后酗酒纵欲，无礼无德，成为后人唾骂的亡国之君。《大雅·荡》中文王指责商纣王有七宗罪，酗酒便是其中一条：

> 天不湎尔以酒，不义从式。
>
> 既愆尔止，靡明靡晦。
>
> 式号式呼，俾昼作夜。

——老天没叫你酗酒，也没有让你干那些不义的事情。你看看你像个什么样！不分昼夜毫无节制，大呼小叫，日夜颠倒。酒让纣王失去礼仪的同时，也让他失去德行和民心。

除了祭祀的、宴饮的、尽兴的、亡国的酒之外，《诗经》中的酒，还有些其他的味道。

"微我无酒，以敖以游。"这是《邶风·柏舟》中携酒漂游的愁饮。

"我姑酌彼兕觥，维以不永伤。"这是《周南·卷耳》中以酒疗伤的痛饮。

"死丧无日，无几相见。乐酒今夕，君子维宴。"这是《小雅·頍弁》中及时行乐的颓饮。

"或以其酒，不以其浆。"这是《小雅·大东》中的不得饮。

这些如醒的忧心和惆怅不想则已，愈想愈伤。于是接着痛饮，将现实与理想的碰撞、生存与死亡的矛盾，都融化在这杯酒中，在醉中寻找解脱。这些借酒消愁逃避现实的情感，对后世的影响也很深远。

一部《诗经》，也是一部散发酒香的"酒经"。

百事尽除去，尚余酒与诗。（白居易《对酒闲吟赠同老者》）

骂　经

骂人，是发泄愤怒和不满的最常见的方法。可以说，芸芸众生，人人都骂过人。"不平则鸣"，这一鸣往往就是骂，而不是"鸟鸣嘤嘤"那样悦耳的声音。当骂而不骂，委曲求全，满腔憋屈不得宣泄，最终伤及身体，送了性命，岂不冤乎枉哉？因此，骂人虽不上台面，却至少是件有益身心的运动。比起杀人放火打闷棍，骂人只要不是"腹诽"，而是如泼妇一般在街上骂，或者如文人一样在公开发表的文章中骂，就显得光明正大不隐忍。

当然，骂人也是讲究艺术的。没艺术的骂往往只会口吐污言秽语，如泼妇之骂，往往诅咒对方遭受祸难，外带问候对方家人，不但有辱视听，而且无法取胜。有艺术的骂不但骂得针针见血、酣畅淋漓，令对手百口难辩，吐血而亡，而且丝毫不伤文雅风度，甚至连观者也不由自主生出一种难于言表、兴奋莫名的快感，诸葛亮骂死王朗，即是如此快意境界。而纸上骂，也有所谓"上士杀人用笔端"之境界。

作为中国文学艺术的滥觞，《诗经》也是骂人艺术的源泉。作为"讽谏怨刺"艺术的鼻祖，《诗经》在某种程度上也可以说就是一部"骂经"。

有一种骂是甜蜜的，那就是打情骂俏，我们经常能在郑卫之风中见到许多美丽的女孩子，板着粉脸，嘟着红唇俏骂着"狡童""狂童"。这些责骂甚至是没有理由的。你看看她思念对方时骂人家为"狡童"：

彼狡童兮，	那个坏小子啊，
不与我言兮。	不和我说话啊。
维子之故，	都是因为你的缘故，
使我不能餐兮。	害得我吃不下饭啊。（《郑风·狡童》）

碰到意外的追求者，面对对方的纠缠她更是要骂：

山有乔松，	山上长满乔松，
隰有游龙。	洼地生着龙草。
不见子充，	没有见着帅哥，
乃见狡童。	反倒碰上呆鸟。（《郑风·山有扶苏》）

这种骂在恋爱中最具杀伤力，一方面打击了小伙子的自尊心，另一方面又叫人觉得这骂语中又透着一种亲近。本来嘛，男子死打烂缠，就怕女子不理睬。只要开口，哪怕是骂，也就有戏。

且看看这位：

子惠思我，	你要是真想我，

褰裳涉溱。	挽起裤脚过河。
子不我思，	你要是不想我，
岂无他人？	难道没有其他人追求我？
狂童之狂也且！	傻小子你也太狂妄！（《郑风·褰裳》）

"且"字的本意是指男根，可见这句骂语的大胆泼辣。骂得虽然粗鲁，但这种态度却是中国古代不可多见的自由、自主的女性主义的思想光芒。女子应该和男子一样，主动享受爱而不是单纯被动的一方。

这些都还是恋爱过程中的骂，总体上还属于打情骂俏。甚至"打是亲，骂是爱"，属于"亲爱"的表现。而一旦被强骗硬娶，骂出来的话也就不那么好听了。

鱼网之设，	布好渔网要捕鱼，
鸿则离之。	跳进一只癞蛤蟆。
燕婉之求，	求的是英俊郎君，
得此戚施。	得到的却是这个丑陋的鬼东西！（《邶风·新台》）

郁闷的心情溢于言表。但《诗经》中最为人熟知的骂，还是《硕鼠》。

硕鼠硕鼠，无食我黍！
三岁贯女，莫我肯顾。

　　把贪得无厌的剥削者比作大老鼠，这可能是最早也是最出名的骂诗了。但是《诗经》中其实还有一首骂得更狠更犀利的诗《鄘风·相鼠》：

　　相鼠有皮，　　　老鼠还有皮，

　　人而无仪。　　　人却无威仪。

　　人而无仪，　　　人而无威仪，

　　不死何为？　　　不死又怎地？

　　……

　　相鼠有体，　　　老鼠还有体，

　　人而无礼。　　　人却无礼仪。

　　人而无礼，　　　人而无礼仪，

　　胡不遄死？　　　为何不快死？

　　这大概是《诗经》中不多见的"怨且怒"的诗句了，特别可爱的是结尾作者觉得这还不够发泄自己的愤怒之情，还加上一句"胡不遄死"。我真是很喜欢也很同情这位仁兄，一个与今天喝着劣质啤酒看着足球骂娘的老百姓一样的普通人。他让我们看到了《诗经》神圣外衣里真实可贵的人性。

　　除了骂人为鼠，也有骂人为苍蝇的：

　　营营青蝇，止于棘。

　　谗人罔极，交乱四国。（《小雅·青蝇》）

——你这只嗡嗡的苍蝇，停在棘篱上。进谗言的人无所不用其极，把天下搅得一团糟。

谗言可畏，进谗言的人尤其可恨，请看《小雅·巷伯》：

彼谮人者，	那个造谣的坏人，
谁适与谋？	谁能和他相处？
取彼谮人，	抓住那个坏东西，
投畀豺虎。	把他扔去喂狼虎，
豺虎不食，	狼虎嫌脏不肯吃，
投畀有北。	把他扔到北方去，
有北不受，	北方也不要坏蛋，
投畀有昊。	把他交给老天爷！

《相鼠》《青蝇》《巷伯》等骂人固然直接痛快，但声势足够，巧妙不足。他们足够狠毒，足够犀利，但却似乎缺少深度。也就是说，骂人者自己还没有表现出他与被骂者相比道德上的优势，比如对国事的担忧、对道义的维护等。

《诗经》从总体风格上讲，是"温柔敦厚"的，落实到骂人上，也就是"怨而不怒"。为什么不能怒？因为他必须有责任心：他不是要砸碎这个看来一团糟的世界，而是要维护这个世界。我们来看《小雅·十月之交》，诗人先说：

烨烨震电，不宁不令。

百川沸腾，山冢崒崩。

高岸为谷，深谷为陵。

这种雷电交加、洪水泛滥、山崩地裂的描写，表现出一派世界末日的景象。他认为灾难是因为昏庸的国王宠爱"艳妻"褒姒以及皇父、番维、家伯、仲允等一群无德无能之徒，并纵容他们为非作歹造成的。政治黑暗导致天时不正，于是上帝用大地震来警告。但是周围的人依旧醉生梦死，潇洒快活。

哀今之人，胡憯莫惩！

他仰天长叹，如今恶人为何没有恶报！愤怒充斥着他的胸膛，他痛斥皇父之流：

抑此皇父，岂曰不时？

胡为我作，不即我谋。

彻我墙屋，田卒污莱。

曰予不戕，礼则然矣。

这些败类不但巧取豪夺，欺压百姓，还诬陷好人，使好人受到迫害。

受害至此，理该因失望绝望而反戈一击，不料他义愤填膺之后，话锋一转，又开始表示更要诚惶诚恐地注意自己的言行：

黾勉从事，不敢告劳。

——我尽心尽职，也不敢炫耀自己的功劳。

四方有羡，	所有人优裕享乐，
我独居忧。	只有我忧心忡忡。
民莫不逸，	所有人都安逸，
我独不敢休。	我独不敢休息。

这种焦大式的骂、屈原式的骂在《诗经》中亦非孤证。《正月》的作者同样对当时的朝政十分不满，出于个人的道德和职务的操守，他指责说：

今兹之正，	现在的政治，
胡然厉矣？	为什么这样的暴虐？
燎之方扬，	熊熊大火已经蔓延，
宁或灭之？	难道不能将它扑灭？
赫赫宗周，	如此显赫的西周，
褒姒灭之。	竟然要被褒姒毁灭。

但同时对于他自己，这位君子又极为无奈和担忧起来：

谓天盖高，不敢不局。

谓地盖厚，不敢不蹐。

天是很高，但还是不得不低头；地是很厚，但还是不得不轻走。在人屋檐下，还是要低头。这是一种无奈。

但是我们在《小雅》之中还是看到了一些变化，那就是人们已经把对现实的不满转移到统治者身上了。《小雅·荡》虽然借用了周文王讨伐商纣王的口吻，但七句咄咄逼人、大义凛然的诘问像是一篇檄文，果敢无畏地将矛头指向天子。还有的诗中开始对至高无上的"天"产生怀疑甚至咒骂起来了。《小雅》中的《节南山》和《雨无正》等诗更是对不公平的上天发出了咒骂：

昊天不佣，降此鞠讻。
昊天不惠，降此大戾。（《小雅·节南山》）

——老天你太不公平，降下这些大祸乱。老天你太不仗义，降下这些大灾难。

昊天疾威，	你这暴虐的上天，
弗虑弗图。	从来不思考也不公平。
舍彼有罪，	那些有罪的人你放过他，
既伏其辜。	还隐匿他们的罪恶；
若此无罪，	无罪的人却如此倒霉，
沦胥以铺。	陷入无边的痛苦之中。（《小雅·雨无正》）

就思想价值而言，这些诗句是《诗经》中骂诗的精品。因为他们在抨击不良政治时，敢于将如火的怒气锋芒直指周王、权臣和上天，这不仅是勇气的表现，也是思想深刻的表现。

怨刺诗还有一种类型，那就是黑色幽默式的讽刺。我们来看《魏风·伐檀》：

坎坎伐檀兮，置之河之干兮，

河水清且涟猗。

不稼不穑，胡取禾三百廛兮？

不狩不猎，胡瞻尔庭有县貆兮？

彼君子兮，不素餐兮！

——不种也不收，为什么得到谷米三百捆？不狩也不猎，为什么你家挂满貉肉？那些大人先生们啊，可不是吃白饭的啊！

在貌似诙谐调侃的背后，其实还是深深的悲愤和苦痛。

梁实秋先生在《骂人的艺术》中说："你骂他一句要使他不甚觉得是骂，等到想过一遍才慢慢觉悟这句话不是好话，让他笑着的面孔由白而红，由红而紫，由紫而灰，这才是骂人的上乘。"话是不错，但梁实秋先生在实战中的战绩却不甚佳。他在与鲁迅的"对骂"中，被鲁迅骂得落花流水，可见骂人也是一件理论结合实际的高深学问。最后来看看《豳风·狼跋》，古人说它是赞美周公在四面楚歌进退两难中仍不失圣人德范，今人却有不少以为是讽刺贵族老爷的老丑之态。如果我们假定它是骂诗的话，那便是梁实秋先生所说的最上乘的骂诗：

狼跋其胡，　　老狼向前踩下巴，
载疐其尾。　　向后退又绊尾巴。
公孙硕肤，　　公孙腆肚肥又胖，
赤舄几几！　　他的红鞋翘翘尖！

狼疐其尾，　　老狼后退绊尾跌，
载跋其胡。　　前行又将颈肉踏。
公孙硕肤，　　公孙腆肚肥又胖，
德音不瑕。　　德行倒也还不差。

骂人为狼不稀奇，稀奇的是作者最后两句却是在赞扬公孙老爷的德容，于是两种截然不同的意境浑然天成，令公孙老爷茫然不解却又欣然接受。闻一多说此诗"对于公孙，是取着一种善意的调弄的态度"。闻一多还依据"德音"在《诗经》中的运用，多见于"表明男女关系"，而推测这是一位妻子，对体胖而性情"和易""滑稽"的贵族丈夫开玩笑的诗。(《匡斋尺牍》)

第三章

永远的感动

人生之大关节

关关雎鸠，在河之洲。窈窕淑女，君子好逑^①。

参差荇菜，左右流之。窈窕淑女，寤寐^②求之。

求之不得，寤寐思服。悠哉悠哉，辗转反侧。

参差荇菜，左右采之。窈窕淑女，琴瑟友之。

参差荇菜，左右芼之。窈窕淑女，钟鼓乐之。

——《周南·关雎》

【注解】

① 逑：配偶。

② 寤寐：睡醒为寤，睡着为寐。

【释文】

关雎小鸟相向鸣，在那黄河小洲上。苗条轻盈好姑娘，她是男儿好对象。

这是求爱的山歌，还是调情的夜曲？古人说这是写"后妃之德"，是要以此"风天下而正夫妇"，太道德化了。又说是"乐得淑女以配君子"，也是把生动活泼的即兴之作解释为主题先行、观

166

念先行的教训之文。但我们也不能否认，"窈窕淑女，君子好逑"，里面包含着理想，包含着理想的男女婚配的标准。君子是有行有德之人，淑女则是幽娴贞静之女，可见强调的婚配原则是双方的德行。当然，君子、淑女也是有身份地位的人，也有门当户对的意思。但就婚配的稳定与男女双方互相接纳容忍的程度言，门当户对也是婚姻可以考虑的条件之一。战国时宋康王强夺韩凭妻何氏，何氏也有这样的《乌鹊歌》：

乌鹊双飞，不乐凤凰；
妾是庶人，不乐宋王。

她爱韩凭，不爱宋王，她找的理由，就是与宋王"门不当户不对"。

可是，我们还要注意，在"淑女"之前，还有一个限定词"窈窕"。这是一个联绵词，意思不外乎是指体态曼妙，这就是"色"了。看来君子择偶是好色兼好德的。我们应该知道，婚姻不同于爱情，爱情可以是一时的激情，而婚姻则是长期的平淡以及在平淡中慢慢经营出来的温馨，婚姻幸福的主要保障来自品德、性情等内在之美。引起我们爱欲的可能是"色"，但保障我们幸福的则必须是"德"。男女的自然属性生理特征可以决定遗传上的优劣，但男女的社会属性品德性情则决定着后代的后天修养与生活环境。由此"有色"与"有德"不可偏废，二者不可得兼时，去色存德，这也是子夏"贤贤易色"的教导。毕竟红男绿女中窈窕女郎触目皆是，而"淑女"则难得一见；帅哥酷男满街走，品性淳厚者不易求。

贤贤不易色——这真是最完美的婚恋。

此诗是著名的"四始"（《关雎》为"风"始，《鹿鸣》为"小雅"始，《文王》为"大雅"始，《清庙》为"颂"始）之首，305篇之开篇第一章，地位非同一般，盖因夫妇为人伦之始也。我们当然不必拘泥于这种古人的观念，但我们必须明白婚姻是幸福的根本，是我们人生之大关节。《诗经》给我们的第一经，即是教导我们如何择偶。它果然不仅是诗，让我们愉悦；而且是"经"，给我们教导。

流光容易把人抛

摽有梅，其实七兮。求我庶士，迨其吉兮①。

摽有梅，其实三兮。求我庶士，迨其今兮。

摽有梅，顷筐塈之。求我庶士，迨其谓之②。

——《召南·摽有梅》

【注解】

① 摽（biào）：坠落。有：助词。庶士：众多的男士。迨：及时，赶在……之前。吉：吉日。

② 塈（jì）：收取。顷筐塈之，即倾倒箩筐来扒取。意味梅子已落一地。谓：只要开口即获允准的意思。

【释文】

梅子已然坠落，还有七分在树。有心追我的男士，好日子不要延误！

梅子纷纷坠落，只有三分在树。有意追我的男士，就今天不要迟疑！

梅子落了满地，倾倒筐子扒取。有情追我的男士，你开一开口就是！

我们常说，时间会改变一切。是的，随着时间的变化，事情或多或少地发生改变，说不定就变得对弱势的一方有利了。这不仅体现在敌对双方的较量上，即便是男女之情上，也往往如此。20岁左右的毛头小伙子确实没有情场上的资本，那个年龄段是属于少女的。她们此时一个个都似高傲的公主，既没钱又没地位无事业的毛头小伙子，要获得她们的芳心谈何容易？所以常见小伙子灰溜溜地在姑娘面前败下阵来，即便获得了芳心一瓣，也是鞍前马后，唯姑娘的马首是瞻，靠殷勤来弥补其他的不足。

但随着时间的推移，事情会往有利于小伙子的方向发展，读读这首诗吧：她们的矜持一点点少了，最后连羞涩也没有了，到时，只要你开个口就成。所以，当你从她那儿碰壁而归时可以丢下一句话：咱们骑驴看唱本——走着瞧！总有"绿肥红瘦"的那一天！

我这样的导读会让读者觉得我心理不大健康，其实也只为调侃一下。但我说的，却是事实。世事有变有常，丈夫能屈能伸，牢骚太盛防肠断，风物长宜放眼量，三十年河东，三十年河西……总之，只要我们坚持，我们会等来我们的机会——我这是对小伙子说话。要是对小姑娘说话，那就更多：花开堪折直须折，莫待无花空折枝；今年花开颜色改，明年花开复谁在；年年岁岁花相似，岁岁年年人不同；青春易逝，韶华难久……我好像在吓唬她们。唉，还是蒋捷的《一剪梅》最好——

流光容易把人抛，红了樱桃，绿了芭蕉！

幸福之币的另一面

南有樛木，葛藟累之。乐只君子，福履绥之^①。

南有樛木，葛藟荒之。乐只君子，福履将之。

南有樛木，葛藟萦之。乐只君子，福履成之。

——《周南·樛木》

【注解】

① 樛（jiū）木：弯曲的树木。葛藟（lěi）：葛藤之类。绥：与下文"将""成"同为缠绕、围绕、成就的意思。

【释文】

南方俯首的樛木，葛藤缠绕在它身上。快快活活的君子呀，福禄缠绕着他。

这应该是一首婚礼上的祝福歌。你看它章章都带"福"字，正如我们今天的新婚之家，处处都贴着大红双喜一样，是招牌。而且它用了《诗经》中最常用的比兴手法，樛木喻新郎，葛藟喻新娘。我们知道，葛藟乃是葛藤，好缠树，且缠缠绕绕，至死不分，真有痴情女依人不饶的样儿。而樛木呢，是指曲木，很好地描画出新郎低眉顺眼、俯首帖耳、鞠躬如也，对新娘百般爱惜、千般温柔、万般迁就的神情。那有了妻子的人有福了，那被妻子依恋的人有福了，那爱惜自己妻子的人有福了。这是我对他们的祝福。但要是我在场，我不仅要对他们祝福，我可能还要给"他"一个忠告：在被幸福绥之、将之、成之的同时，也要清楚，他此时已经被另一个人累之、荒之、萦之。这几个词，当然可以有更诗意的译法，使之体现男女的如胶似漆、如鱼似水、如柴似火等，但也可以翻译成：连累、压迫、捆绑。岂不闻英国培根云：

有妻与子的人已经向命运之神交了抵押品了。

哪里是一般的抵押品？简直是人质。而明代袁宏道的说法更文学化：

我辈只为有了妻子，便惹许多俗事，撇之不得，傍之可厌，如衣败絮行荆棘中，步步牵挂。（《孤山小记》）

我不是吓他，只是在我们自以为稳操幸福之券、山盟海誓之时，不要忘了，另一种可能的变卦：眼前可爱的人可能变得可厌，小鸟依人可能变为惹事，且"撇之不得，傍之可厌"。那葛藤啊，一变而为荆棘，偏偏我们还穿着破棉袄。

美 与 生 育

桃之夭夭，灼灼其华。之子于归，宜其室家^①。

桃之夭夭，有蕡^②其实。之子于归，宜其家室。

桃之夭夭，其叶蓁蓁。之子于归，宜其家人。

——《周南·桃夭》

【注解】

① 夭夭：描摹桃花的鲜艳。华：花。归：女子出嫁。

② 蕡（fén）：果实饱满的样子。

【释文】

桃花开得红艳艳，如同花儿在燃烧，这个姑娘嫁过来，对这家庭实在好。

这一首也是婚礼上的祝福歌。上一首祝新郎，这一首乃祝新娘。上一首三个"福"，真是幸福美满；这一首三个"宜"，更是宜室宜家，一派喜庆气氛。

它也用比兴，用桃花之艳来形容新娘面容艳丽，还用桃实丰硕圆润，来形容新娘的丰腴、健康与性感，且还暗示着她将来能生育多多，这也是"宜其室家"的真正含义。人来世上，都是有使命的，至少人分男女，上帝让我们以此承担种的繁衍义务。当然上帝仁慈，他把苦差事变成了大快乐。所以我们娶妻，她们嫁人，都有一种大幸福感。而对于女子来说，听到有人赞扬她美貌、性感，她当然不胜欢喜，就因为她是女性。而当听到别人赞美她善生育，将是一位多产的母亲的时候，她更是幸福无比，因为她有母性——记得鲁迅先生说过，母性是女人的天性之一。但母性也有一个孕育过程，如同种子深埋在土壤里，母性一直在她的体内什么地方潜伏着，现在觉醒了——在《桃夭》的提醒下觉醒了，她从来也没有如此强烈地明晰自己的使命。她此时如此强烈地意识到自己的社会角色，感受到人们对这个角色的期待。她一定不会辜负这种期待，并将在生育中成就自己。而这桩大事业，就从今天开始，在人们的祝福中开始，在宾客亲朋火辣辣的调笑中开始，在她和新郎的面红耳赤中开始，且高潮即将到来……

爱情的令人费解处

南有乔木，不可休思。汉有游女，不可求思①。汉之广矣，不可泳思。江之永矣，不可方思②。

翘翘错薪，言刈其楚。之子于归，言秣其马③。汉之广矣，不可泳思。江之永矣，不可方思。

翘翘错薪，言刈其蒌。之子于归，言秣其驹。汉之广矣，不可泳思。江之永矣，不可方思。

——《周南·汉广》

【注解】

① 思：语气助词，相当于"兮""啊"。

② 永：长。方：小船。

③ 翘翘错薪：高大杂乱的柴草。言：凑足四个音节，无意义。刈：砍伐。楚：与下文"蒌"都是植物名。秣：喂。

【释文】

南方有一棵大树，却不能倚之休憩。汉水上有个游女，却不能对她追求。汉水是那么宽阔啊，不可能游泳过去。长江是那么长啊，不可能划小船过去。

此诗可以和《关雎》对看，但比《关雎》更加委婉动情，或者说，更为伤情。《关雎》是喜剧，是种瓜得瓜，种豆得豆，他要采荇菜，虽然荇菜是"左右流之"，但终于是荇菜在握；要追淑女，虽然是"寤寐求之"，但终于是淑女在抱。此诗则似是委婉哀伤的悲剧，这小伙子一开始就没有信心，而叹息"汉有游女，不可求思"，定下了失败的基调。《关雎》以关雎小鸟相向和鸣起兴，一派活泼喜庆气象，也暗示了喜剧的结局。此诗以高大乔木浓荫覆盖却不可倚休起兴，令人费解——乔木本可供人休憩却不可休，这是事理的不可理喻处；游女本可让人追求而不可求，这是爱情的令人费解处。全诗一连八个"不可"，真正是无可奈何；"不可"二字，《诗经》中共出现 27 次，这一首就占了 8 席。有学者认为，这汉之游女，与"窈窕淑女"相比，有两个不同，从而导致"不可求"。这两个不同是，一是她属于南方荆楚之地的姑娘，与周族有隔阂，有文化上的差异与民族上的对立；二是"游女"之游，有冶游不正之意，不同于"淑女"之贤德正派。但我想，若真是如同学者所说的那样，则这"汉之游女"，更是撩人心旌，为何？一是她因有距离而神秘，距离产生美是美学上的通则，陌生化产生追求的欲念，则又是爱情学上的常态。好姑娘总是在那遥远的地方哩。而"冶游"之意，若不从道德上讲，则正是浪漫、多情与妖媚，比起淑女之道德面孔，更可爱，更有魅力，更吸引我们。情爱爱的正是可爱，是娇媚。然而，可爱的往往不可求，这正是此诗给我们的感喟。爱情，这美丽的鸟，总是栖息于我们的窗台又悄然地飞走。我们无限惆怅地看着它飞远飞远，直到杳然，直到我们的内心充满伤感的回忆，然后浅斟低唱：南有乔木，不可休思。汉有游女，不可求思……

"仪表"就是义之表

相鼠有皮，人而无仪。人而无仪，不死何为[①]？

相鼠有齿，人而无止。人而无止，不死何俟[②]？

相鼠有体，人而无礼。人而无礼，胡不遄死[③]？

——《鄘风·相鼠》

【注解】

① 相：审视，看。

② 止：即耻。俟：等待。

③ 遄（chuán）：速。

【释文】

看那老鼠还有包身的皮，这些人为何没有一点尊仪？人如果失去了这尊仪，他为何还不快快死?

这是孟子"舍生取义"的另一种表述——诗意表述。孟子是逻辑推理，此诗是感情宣泄；孟子是正面提倡，而此诗则是反面咒骂。仪即是义，是态度、气质，外表的"义"。仪表者，义之外表也。具体一点说，是行为的正当、语言的得体、态度的适宜和气质的高雅。

应当说，讲究"仪"——现代汉语说"仪表"，是文明发展到一定程度的产物，是一种对精神的重视，对精神外壳的维护。它必然是一种贵族化的精神追求与精神状态。所以，讲究仪表，有时往往成为大众取笑的对象。

我说的"贵族化"，在等级制度已被人类普遍抛弃的今天，指的是一种摆脱了基本物质生活之累后对精神层次的一种追求，一种人类几千年文明史中积淀下来的较为精致高雅的精神财富和精神标志。在任何一种社会中，都存在着粗鄙化的精神现象，甚至这种粗鄙还往往能得到喝彩。正如在任何一个物质发达的社会中，都会存在着相对贫困的阶层。我们应该注意到了，在城市的繁华地段，常有真的假的乞丐在乞讨，他们中总有一些人为了博得同情，把自己弄得没仪没表，比如故意把自己弄得肮脏不堪，甚至假扮残疾。这也是一种生活状态与生活态度，但显然不是我们提倡的文明的生活态度。我们可以同情他可怜他，给他施舍一两个子儿，但总不能学他。

生活总得有点讲究。这讲究，既是伦理的讲究，也是审美的讲究。伦理的讲究，就是"义"；审美的讲究，就是"仪"。孟子一再坚持"义"出于"内"，是人的内在品德，是人内心对正义的认同；而"仪"，就是"外"，是表，是"义"的外在表现。一个人"无仪"，往往是因为内心无"义"，行为无义，当然不死何为；审美无仪，也是有碍观瞻。人活着，总得有个人样，没有人样，又何必活人？所以，诗人愤怒，直言：胡不遄死！

一首诗的两种读法

燕燕于飞，差池其羽。之子于归，远送于野。瞻望弗及，泣涕如雨①。

燕燕于飞，颉之颃之。之子于归，远于将之。瞻望弗及，伫立以泣②。

燕燕于飞，下上其音。之子于归，远送于南。瞻望弗及，实劳我心③。

仲氏任只，其心塞渊。终温且惠，淑慎其身。先君之思，以勖寡人④。

——《邶风·燕燕》

【注解】

① 差池：错综不齐的样子。

② 颉：向上飞。颃：向下飞。将：送。

③ 下上其音：上上下下的鸟叫声。

④ 仲氏：排名第二，此指弟。古代姊妹也称"兄弟"。塞渊：实在而深沉。勖：勉励，劝勉。

【释文】

燕子飞来又飞去，前前后后不整齐。今天你要远归去，送到远郊难分离。登高目送终不见，悲伤难禁泪如雨。

关于此诗的作者有两种说法，最流行的说法是庄姜送归妾之作，第二种说法是卫君嫁妹之作。这个庄姜是中国历史上有名的美女，中国诗歌里最早的一首专门称颂美人的诗便是献给她的，我指的是《卫风·硕人》。她在《诗经》中也有特殊的地位，据说由她所作的诗，除了这一首外，还有《绿衣》《日月》《终风》，算是《诗经》中收诗最多的诗人了，一部《诗经》305首，有5首与她有关，4首她自作，1首赞美她。而且她的诗，如《绿衣》，如这首，质量极高，感人至深，看来她不仅长得极美，才情也一流。在这个世界上，臭男人往往拥仙妻，她的那个老公卫庄公，荒淫狂暴，可能是色情狂，喜怒无常（览《终风》可知），偏有这样的好女人，令我们千载之下，还为她叫屈。关于此诗的创作背景，我们从《左传》隐公三、四年中可以找到，卫庄公娶庄姜，很美却无子。卫庄公又娶于陈，那个陈女叫厉妫，生考伯，早夭。厉妫的妹妹戴妫为庄公生了个儿子叫完，庄姜即以之为子。卫庄公还有一个宠姬，生了一个儿子，叫州吁，很得庄公喜欢，喜欢武事，庄姜很讨厌他。庄公二十三年卒，太子完立，是为桓公。桓公十六年，州吁弑桓公自立，因为亲生儿子被杀，戴妫离开卫国回到陈国并不再归来。庄姜与她同养一子，同伤此子被弑，所以戴妫归时，庄姜送之，而赋此诗。了解这样的风雨飘摇的背景，夫死子亡之后两个孤苦女人的原野泣别，风萧萧兮淇水寒，我们不能不与她们一起泣涕如雨。

这首诗是305首中最为感人的作品之一。《许彦周诗话》说它"可泣鬼神"，王士禛《分甘余话》说它"家国兴亡之感，伤逝怀旧之情"，连《黍离》《麦秀》也比不上，"宜为万古送别诗之祖"。他又在《池北偶谈》中叙及读此诗时的感受："予六七岁，始入乡塾受《诗》，诵至《燕燕》《绿衣》等篇，便觉怅触欲涕，亦不自知其所以然。"他的这种感受与我初读此诗时的感受一样，记得我刚读第一章，至"泣涕如雨"，就忽然悲从中来，眼前恍见一绝望之人伫立高岗，目送心爱的人远去而无可奈何……

我当时的感受是，这是一对被拆散的恋人，女子远嫁他方，男子绝望相随而终于不得不认命止步伫望，然后长歌当哭……

再往下读，到了最后一章，我看到"先君"，看到"寡人"，颇为扫兴。如果这首诗只有前三章，多好啊！

《诗经》，原只是诗，后来是经。我们读《诗经》，至少可以既把它当经读，也可以把它当诗读。钱锺书先生《管锥编》第一册讲到此诗时，也提倡"《诗》作诗读"。明万时华《〈诗经〉偶笺·序》："今之君子知《诗》之为经，而不知《诗》之为诗，一蔽也。"

不可告人的快乐

考槃在涧，硕人之宽①。独寐寤言，永矢弗谖。

考槃在阿，硕人之薖。独寐寤歌，永矢弗过②。

考槃在陆，硕人之轴。独寐寤宿，永矢弗告。

——《卫风·考槃》

【注解】

① 考槃（pán）在涧：在山涧中达成快乐。考：达成。槃：盘桓，徘徊，自得放任之意。硕人：在《诗经》中皆作褒义用，此处可理解为贤人、隐士。宽：与下文同一位置"薖"（kē）、"轴"，都含快乐意。

② 过：失也，引申为忘记。

【释文】

快乐生活在山涧，隐士心宽又体胖。独睡独醒自说话，此乐发誓永不忘。

"鸢飞戾天者，望峰息心；经纶世务者，窥谷忘反。"（吴均《与朱元思书》）只要社会中存在争竞和钩心斗角，山林就永远对人心有着不可言说的诱惑。丛林对动物而言是弱肉强食的，但对人而言，却是"山水有清音"（左思），是"清晖能娱人"（谢灵运）。要知道，人类社会的尔虞我诈，倾轧相斗，是比丛林更为残酷的，孔子是早就说过"苛政猛于虎"的。对了，孔子还说过"智者乐水，仁者乐山"的，可见他对山水之与人性中的美德相通，也是有认识的。虽然他忙于社会事务，对山水只局限于观赏，远远地驻足而不是涉足其间，但在他那个时代，已有不少隐士把自己的身与心一同托付山水，与山水融合为一。《诗经》时就有了，《考槃》就是写此类人，颂此类事的。

读过韩愈的《送李愿归盘谷序》吗？那个隐士盘桓其中、其乐无穷的"盘谷"，可能即发育自《诗经》中的这首诗。考槃者，盘桓也，自得放任也。盘谷者，隐士盘桓之谷也。你看，两者定是一脉相传。当然，山水之美、之乐也不是人人可享，只有平淡、宁静而安详的心，才可能与山水契合。此"硕人"能在山水中自得其乐，就因为他宽、薖、轴——这三个词都含有心宽体胖的意思。一颗争竞的心是不大存得住这种福气的。庄子说："其耆欲深者，其天机浅。"吴均希望我们"望峰息心""窥谷忘反"，也就是要我们在面对山林时，能平息了那一颗孜孜以求、跼躇骚动、争竞不已的心。

诗的最后一章说，对这种快乐将"永矢弗告"，即永远不告诉别人。这就有些故作姿态了，其实，有些快乐本不是人人能得而明白、得而享之的。世界上尽有人人看得见摸得着涎着口水的快乐，也总有一些不可告人的快乐。你若尝到了这种快乐，你就没事偷着乐得了。

生活是折腾我们的东西

谁谓河广？一苇杭之。谁谓宋远？跂予望之^①。

谁谓河广？曾不容刀。谁谓宋远？曾不崇朝^②。

——《卫风·河广》

【注解】

① 苇：芦苇叶。杭：即"航"，渡过。跂予望之：即"跂而望之"，踮起脚即可望见。

② 刀：小船。曾不崇朝：不要一早晨（即可到达）。崇：终。

【释文】

谁说黄河宽？苇叶可做船。谁说宋国远？踮脚即可见。谁说黄河宽？难容小小船。谁说宋国远？半天即可到。

河也不广，宋亦不远，可就是不能回到故国。我们常说远离故乡或亲人叫"相隔万余里，各在天一涯"（《古诗十九首》），但真正使人不能回归故乡的原因，不是天涯海角的空间距离，而是人生的艰辛与种种追索。"为了生活，人们四处奔波"，流行歌曲《把根留住》唱出的就是这种无奈。那远古时代侨居卫国的宋人，如此思念故乡故国，却只是临河一望，长歌当哭，远望当归，岂不也是为了生活？生活到底是什么？生活是我们依恋的东西，还是折腾我们的东西？生活是我们追寻的东西，还是我们一切苦痛的根源？

故乡故国就在河的那边，这条河一苇可杭，曾不容刀，但是什么东西阻挡我们的脚步，使我们不能跨过这窄窄的小河？是生活让我们远离故乡故国，还是故乡故国没有我们的生活？故乡啊，恰恰常常是没有我们活路的地方，是我们"生"的地方，却不是我们"活"的地方。正是故乡逼得我们"走异路，逃异地，去寻求别样的人们"（鲁迅《呐喊·自序》）。为了生活，我们抛别故乡，然后，又时时回头，把故乡瞻望。

男人是女人的"问题"

伯兮朅兮，邦之桀兮。伯也执殳，为王前驱①。

自伯之东，首如飞蓬。岂无膏沐？谁适为容②？

其雨其雨，杲杲出日。愿言思伯，甘心首疾。

焉得谖草？言树之背。愿言思伯，使我心痗③。

——《卫风·伯兮》

【注解】

① 伯：《诗经》中女子称自己的丈夫，常称叔、伯、君子等。朅（qiè）：雄壮高大。桀：杰出。殳（shū）：兵器，杖类。

② 适：悦。"谁适为容"即"适（取悦）谁为（之）容"。

③ 谖：忘。谖草：忘忧草。后人因"萱"与"谖"同音，便称萱草为忘忧草。树：种植。背：北，指北屋或后房。痗（mèi）：病痛。

【释文】

我的伯啊真英勇，他是国家的英雄！我的伯啊拿殳杖，为王征讨做先锋。自从我伯去征东，我的头发乱如蓬。岂是家中无膏沐，为谁打扮为谁容？好比天天盼下雨，日日太阳照天空。整天只把我伯想，想得头疼也乐意。何处能寻忘忧草，栽在后屋疗我忧。

这个女子，当她在万头攒动中看到自己的男人雄赳赳气昂昂地"伯也执殳，为王前驱"时，她是何等自豪。她一定是绯红了脸，洋溢着幸福，觉得所有的女人都在羡慕她，嫉妒她。女人确实能在她男人的杰出中得到满足，或者说得到"虚荣"。但"虚荣"是虚荣，虽则很光荣，毕竟那么"虚而不实"。就其本性来说，女人可能更希望有一个相厮守相亲热的男人。亲者，近也，远离了，那就不亲了。"自伯之东"，她"首如飞蓬"，难道是没有化妆品吗？不是，而是她在想：为谁梳妆为谁容？没了欣赏者，花开也无聊。这时候她所想的，所追求的，就不再是那种万人丛中的光荣，而是两人世界的亲密。唉，他是不是王之前驱、国之干城，并不重要。对她来说，他首先应是一个能摸得着、看得见、能依靠可相拥的丈夫。他的双手能为王执殳固然不错，但他的肩膀更要能成为妻子的依靠。"执殳"可能很风光很英雄，但"执子之手，与子偕老"，才够浪漫。

这个女子的骄傲自豪和痛苦哀怨，是出于同一个原因。这是一个矛盾的统一体，是家和国的矛盾，是私与公的矛盾。让女人骄傲的男人往往是让女人痛苦的男人，因为让她引为骄傲的那种男人品性往往是公共的而不是她独自私有的，是利他的而不是利己的。男人的优良品质一般而言是对外的，正如女人的优良品质更多的是对内的。我们常常看到受到朋友首肯的男人，往往是令妻子头疼的丈夫；而对老婆百依百顺、言听计从的男人，往往在朋友那里没有声望与市场，不，有时干脆就没了朋友。这好像在说，女人在挑选丈夫时，总是面临一个抉择的问题。是的，男人本来就是女人的问题，让她们自己去琢磨去解决好了。

同情心的分寸

有狐绥绥，在彼淇梁①。心之忧矣，之子无裳。

有狐绥绥，在彼淇厉。心之忧矣，之子无带②。

有狐绥绥，在彼淇侧。心之忧矣，之子无服。

——《卫风·有狐》

【注解】

① 狐：喻男子。绥绥：独自走。淇梁：淇水的河岸。

② 厉：水深可涉处。带：腰带。

【释文】

有个男子孤独走，走在淇水堰坝口。我的心儿直发愁，他连裤子也没有。

有时候爱上一个人是因为他有成就，她佩服他、仰慕他，很容易就转变为爱慕他。这很好理解，从功利一点的角度来讲，就更好理解。可是，有时候爱上一个人恰恰相反，是因为他一无所有、一事无成、可怜兮兮。像这首诗所写的，那个家伙潦倒得连裤子也没有，可是我们女主人公，却偏偏芳心触动了……对这样潦倒的人，我们常常产生同情心。但同情心如何转变成爱心，我们不大了然，但我们确实在生活中和文学作品中，发现不少女子因为同情某位男子而嫁给了他的故事。这首诗所显示出来的情感，就其强烈的程度与口气的过度亲昵，已接近爱情的边缘——假如他们现在还不是恋人的话。这种情怀我们不必提倡，这种做法我们也不必鼓励，虽然它如此接近美德。但我们却可以为之感动。因为不管怎样，出于同情而嫁给一个可怜的人，给他以爱的抚慰，总是显示出人类情感超功利越自私的一面，它近乎一种高贵的情感，也是一种近乎母性的情怀。所以我们不必为之抱不平，因为一切道德行为都往往有点损己利人。

只是我似乎有责任提醒一下那些同情心特别强烈的同胞：可怜之人往往有其可恨之处。假如他的处境并非由于他所处阶层的社会地位所造成，比如一个农民的不幸往往是由于不合理的社会分配制度所造成，也并非由于不可抗的天灾人祸，那他的不幸就很有可能是由于自身的缺陷，比如不够努力，不求上进。而不求上进，在我看来，是一个人最大的不道德。

报 恩 以 情

投我以木瓜，报之以琼琚。匪报也，永以为好也！

投我以木桃，报之以琼瑶。匪报也，永以为好也！

投我以木李，报之以琼玖。匪报也，永以为好也！

——《卫风·木瓜》

【释文】

你送我大木瓜，我送你美琼玉。这可不是还你情，是要永远做相好。

同样的报答之意在《大雅·抑》中也有："投我以桃，报之以李。"同一个意思两见于《诗经》，它所表达的可能是一种被普遍推崇与接受的观念。当然也有另一种可能，一方抄袭了另一方，但抄袭也正好可以说明这是一种深入人心的被人肯定与赞赏的观念。俗话说，有恩不报非君子，孔子也主张"以德报德"，正如同他反对"以德报怨"，而主张"以直报怨"，因为只有这样，这世界才有公正和公平，才能鼓励善人与善行。梁启超在《中国道德之大原》中说，"中国一切道德，无不以报恩为动机，所谓伦常，所谓名教，皆本于是"。知报是一种道德行为，是一种双向互惠互动的伦理关系。我们总该有这样的观念：不无偿受人恩，受之则报，"无德不报"（《大雅·抑》）。而且，我们更常常提倡加倍还报，即俗语所说的"滴水之恩，涌泉相报"，这好像是当初接受恩惠的利息，是连本带利地报，对施恩行为的激励，当然更是表达感激之情。是的，在知报的心理中，确实存在着精神上受惠后的报答，正如当今法律中的"精神赔偿"一样，有精神损失的赔偿，当然就该有精神受惠的报答。所以，别人投给我的一个木瓜，可能是从树上顺手摘取的，而我回报之美玉，则是经过精心打磨的。唉！当我接受你抛过来的木瓜时，我的内心多么的激动！我感受到了你那份情意，我内心一片温暖，我所受惠于你的，已远超过一个木瓜的价值……

要注意的是，此诗一再否认回赠仅仅为了一个"报"字，同时一再申明，是要"永以为好"，这又显示出报的超功利性、超物质性，它可以升华为友谊、为爱、为信任、为彼此的依存，这是多大的报！

是非成败转头空

彼黍离离，彼稷之苗。行迈靡靡，中心摇摇。知我者，谓我心忧；不知我者，谓我何求。悠悠苍天，此何人哉？

彼黍离离，彼稷之穗。行迈靡靡，中心如醉。知我者，谓我心忧；不知我者，谓我何求。悠悠苍天，此何人哉？

彼黍离离，彼稷之实。行迈靡靡，中心如噎①。知我者，谓我心忧；不知我者，谓我何求。悠悠苍天，此何人哉？

——《王风·黍离》

【注解】

① 噎：气逆不能呼吸。

【释文】

那些黍子长得齐，高粱正在拔穗子。脚步滞重走啊走，心中苦痛不安宁。知我者，说我心有忧；不知我者，说我何所求。高高在上的苍天呀！谁把国家搞成这样？

曾经的繁华成为一梦，曾经的故国成为废墟。宝城享殿，成了刍牧之场；歌坛舞台，变为农夫之田。人踪消失，荒草滋蔓，旧地

194

重过，耳畔似乎还能听到曾经的人声鼎沸，眼前似乎仍能看到往日的车水马龙。那强大一时的帝国，四方辐辏，诸侯往来，众夷进贡，那份骄傲与光荣、自豪与梦想，却不知何时分崩离析，如昙花美丽地在眼前一闪即萎落于时间之涡。除非我们无情义，除非我们无心肝，或者干脆没记忆，不然，那消逝的繁华怎不让我们放声一哭？那远去的事业怎不让我们椎心泣血？

　　黍离之悲，成为表达亡国之痛的经典成语。偏我们坐拥过太多的繁华与辉煌，又看着它们灰飞烟灭；偏我们热衷于营造，但伤心秦汉经营处，宫阙万间都成了土。我们历史悠久，我们饱经风霜，我们有五千年的文明，却也有五千年的废墟。周秦汉魏晋，唐宋元明清，我们经过了多少亡国之痛？让我们像那位周大夫一样低声吟哦：彼黍离离，彼稷之苗。行迈靡靡，中心摇摇……

一边是爱，一边是恨

君子于役，不知其期。曷至哉①？鸡栖于埘②，日之夕矣，羊牛下来。君子于役，如之何勿思！

君子于役，不日不月。曷其有佸？鸡栖于桀，日之夕矣，羊牛下括。君子于役，苟无饥渴③！

——《王风·君子于役》

【注解】

① 曷至哉：曷，何，可理解为何时，亦可理解为何处。此处以"何处"为优。"至曷哉"，到了哪里呢？如理解为"何时至（回来）"则与上句"不知其期"语义重复。

② 埘（shí）：鸡窝。

③ 佸（huó）：相会。桀：小木桩。括：来。

【释文】

我家君子去服役，不知何时是归期。如今他辗转在哪里？鸡儿已回窠，太阳西边落，牛羊下山坡。我家君子在服役，面对黄昏众生归，叫我如何不想他。

此诗中包孕着伦理的美与人道的呐喊。

我们的很多大学教材说起此诗的主题时，往往说，此诗揭露了统治阶级无休无止的兵役徭役（从"曷至哉"——应译为"他现在到了哪里呢"——看，应是转战不休的兵役），给人民带来的苦难。这固然不错，但我想，若仅此一点，还不能包含此诗的全部内涵。此诗的真切感人处是一个妻子对丈夫的关爱。"如之何勿思"，写思念；"苟无饥渴"，写关心。妻子对远役在外的丈夫的关爱，自有其极重要的伦理价值。所以，此诗的价值完全可以赖此而生。妻子对丈夫的这种深情的关爱使我们感动，使我们觉得人类情感的可贵，使我们觉得这人间的可爱，虽然我们可能正在那行役的路上，流泪流汗甚至流血——其实，哪怕我们不是在行役中，人生本身不就是一场无休止的劳役？在这样的人生征途中，我们困顿，我们疲惫，我们心力交瘁。我们回首来路，步步坎坷；眺望前途，处处险阻。但是啊，只要有一个人，在我们的耳边切切叮咛："与子偕老"，或者殷殷关切："苟无饥渴"，我们就觉得一切付出都有了回报，一切艰辛都有了价值。只要这世界有我爱者和爱我者，滚滚红尘中我们的摸爬滚打都是幸福的。

当然，总有一种非人道的力量，让我们漂泊在爱人的视线之外。在牛羊归栏，鸡鸭归笼，夕阳归山的时候，只有我们杳杳不归，少妇城南欲断肠，征人蓟北空回首。所以，这世界有我们的爱人，也有我们的仇人。于是，这人生就不仅有爱，还有恨；就像这首诗的主题：一边是爱，一边是恨。能爱能恨，才是真人。

坏男人是一粒老鼠屎

中谷有蓷，暵其干矣。有女仳离，嘅其叹矣。嘅其叹矣，遇人之艰难矣[1]。

中谷有蓷，暵其脩矣。有女仳离，条其歗矣。条其歗矣，遇人之不淑矣[2]。

中谷有蓷，暵其湿矣。有女仳离，啜其泣矣。啜其泣矣，何嗟及矣[3]。

——《王风·中谷有蓷》

【注解】

① 蓷（tuī）：药草名，即益母草。耐旱怕水。暵（hàn）：浸水再晾干。

② 脩：干肉。故此处意为"干"。歗：通"啸"，此处指号哭。

③ 湿：即晞（xī），晒干之意。

【释文】

山谷生长益母草，被水浸湿又晒干。有个女子被抛弃，感慨万端一声叹。感慨万端一声叹：要嫁好人何其难！

　　"人生莫作妇人身，百年苦乐由他人"，这是白居易《太行路》中的感慨。这感慨已带有了议论总结的味道，是很理性的思考。白居易是诗人中善于思考也勤于思考的一位，而且他的思考往往还带着批判的味道。他一生写过不少同情女性的作品。诚如他所说，女人一生的苦乐，都建立在男人的身上。过去往往是只有一个男人，现在，她可以再嫁，甚至三嫁、四嫁，但本质上仍然是：假如她嫁了个好老公，她固然可以幸福美满，但命运之神并不给女人这样的包票；假如她"遇人不淑"，碰到一个大坏蛋男人，她的幸福也就基本上毁了。

　　我们知道，对男人而言，爱情也好，婚姻也好，都只是他生命中的一部分，当然是极重要的一部分。但对女人而言，很大程度上，我们可以说是她的全部生活。一个男人，哪怕他经过多少次的婚变，或者妻室不贤，但只要他事业上是成功的，社会对他的界定就是：一个成功的男人。而女人呢，正相反，不论她事业上取得了多大的成绩，只要她在婚姻上不幸，社会对她的界定就是：一个不幸的女人。问题是，男人与女人自己也这样认为。所以，今天有一个流行的看法，对女人而言，是"干得好不如嫁得好"。这话引起了一些道德愤怒，但这是有点道理的，因为就女人自己的幸福而言，确实如此，或者正如我前面所分析的，至少反过来是成立的：嫁得不好干得再好也白搭。一个坏男人正如一粒老鼠屎，他可以坏了女人的一锅粥。我这话可能又会引起女权主义的愤怒：我们女人为什么不能在事业中满足自己？我对女权主义者的回答是：这话问你们女人自己去。不要以为女人经济上可以独立，婚姻上可以自主，碰到坏男人，把他踢出去再嫁，就可以解决女人的幸福问题。实际上，现代的婚姻制度，固然给了女人捡出老鼠屎的机会和权力，却也增加了这样的危险：又落进新的老鼠屎。古代女人的粥坏于一粒老鼠屎，现代女性的粥有可能坏于一粒又一粒老鼠屎，这就是现代自由婚姻的利与弊。女人的悲剧也正在此：女人不能在她的粥里老是往外拣老鼠屎。你在一锅粥里接连拣出了好几粒老鼠屎，哪怕你以后在粥里加上了莲子，难道它就是一锅好粥了？

真正幸福的女人，往往是没有历史的。

突然降临的幸福

有女同车，颜如舜华。将翱将翔，佩玉琼琚。彼美孟姜，洵美且都^①。

有女同行，颜如舜英。将翱将翔，佩玉将将。彼美孟姜，德音不忘。

——《郑风·有女同车》

【注解】

① 舜华：与下文"舜英"，均指芙蓉花。洵：确实。都：娴雅。

【释文】

今天有女同一车，她的容貌如芙蓉。翩翩而来翩翩去，窈窕身材佩美玉。那个美丽的孟姜，确实美艳又文雅。

今天有女同一车，她的容貌赛芙蓉。翩翩走来又走去，身佩美玉响叮当。那个美丽的孟姜，她的人品不可忘！

她突然与我们如此接近，我们心中朦胧多年追寻多年的美人突然坐在我们身旁——我们没敢奢求，但缘分就这样不期而遇。我们也许以前从未见过她，但心中早已有了她。也许我们以前早已暗恋上了她，但只敢在远处望着她——我们哪敢走近她？我们怕她看穿了我，更怕唐突轻薄了她。但是啊，在仁慈的上帝安排下，我们在一个相对局限的空间，作一场邂逅，有一刻相处。只有上帝的手指才能点一段平常的时光，使之变得黄金般珍贵。在这段时光里，还会发生什么？哪怕再也没有什么进展，此刻我们已无比满足。我们与她同在一车中，她的光彩覆盖了我们。我们张口结舌，呆头呆脑，手足无措，心跳加快或停止。只有等到下了车，看她走远，我们才恍然醒来：刚才是多大的幸福降临了我们！

"有女同车"，车啊——你是一个载体，只恐乡间小马车，载不动，许多福。

大女子小男人

大车槛槛，毳衣如菼。岂不尔思？畏子不敢①。

大车啍啍，毳衣如璊。岂不尔思？畏子不奔②。

穀则异室，死则同穴。谓予不信，有如皦日③。

——《王风·大车》

【注解】

① 槛槛：与下文"啍（tūn）啍"皆状车行走之声。毳（cuì）衣：车上蔽风雨的帷帐。菼（tǎn）：芦荻。

② 璊（mén）：红色的玉。

③ 穀：活着。皦：皎。

【释文】

大车起驾声坎坎，帷帐飘飘如芦花。岂是我不思念你？只怕临头你不敢！

大车起驾声吞吞，帷帐鲜艳如红玉。岂是我不思念你，怕你不敢真私奔！

生时即使不同房，死后也要合墓葬。你若不信我说的，太阳高高在天上！

一般人以为，在爱情问题上，女人总是比较被动，比较羞涩。但那只是初始阶段、试探了解期，一旦情有所钟，女子往往更为热烈、大胆，所以人们常用"痴心"来形容女子，"痴情女子"更是她们的标志性称谓。而男子，则往往东张西望，首鼠两端，心不在焉，故有"负心汉"之称。

说起女子的大胆，这首诗即是一例，如果说她还有怕，那只是怕她爱的男人怕。我们知道，男人的想法多，世俗的追求多，所以顾忌也就多，比如，他要升官，他就不能不考虑名声，他不能不保护自己的面具。女人已敢了，已豁出来了，男人"不敢"；女人已打好行装准备即刻私奔了，可男人"不奔"。女人常会说"到一个没人的地方，就我们两个"，这真是傻话，痴情话，没人的地方，男人怎么会有兴趣？他就是要在人群中出风头，闹动作，争权夺利还争虚荣。曹子建说自己的痛苦，是"块然独处，左右惟仆隶，所对惟妻子"（《求通亲亲表》）。你看，"就我们两个"，于女人看来，可能是温馨的小天地，被幸福充弥；而在"有大志向"的男人看来，简直就是冰冷冷的小囚牢，为无聊笼罩。就这首诗而言，我们不仅要从中看到女人的可敬、可爱，还要看到男人在爱情上的不良表现。

读这首诗时，我还想到了明代冯梦龙编的《山歌》中的一首《偷》：

结识私情弗要慌，
捉着子奸情奴自去当。

拼得到官双膝馒头跪子从实说，

咬钉嚼铁我偷郎！

冯梦龙批曰："此姐大有义气。"岂止是义气？还有豪气，且气吞一切蝇营狗苟、鼠窃狗偷的小男人。

有心栽花花不发

山有扶苏，隰有荷华。不见子都，乃见狂且^①。

山有乔松，隰有游龙。不见子充，乃见狡童^②。

——《郑风·山有扶苏》

【注解】

① 扶苏：桑树。隰：湿洼之地。子都：与下文"子充"皆古代美男子。狂且：骂人话，犹"呆鸟"。

② 游龙：植物名。

【释文】

山上长桑树，洼地生荷花。俊郎没碰见，反见一呆娃。

山上生青松，洼地长游龙。俊郎没见着，见到一顽童。

满心喜悦去和那心上人相会，没见着帅哥，反倒碰见一个呆鸟，纠缠不休，令人生厌。这是生活中的一次失约，一次意外。我们预期的结果没出现，事情在发展过程中突然打了一个弯，令人好不恼火，好不失意。

这种一时间的恼火也成为诗且成为经，那是因为生活中常有这样的爽约之人与不速之客：我们追求的没来，我们没要的反倒出现了。有心栽花花不发，无心插柳柳成荫。可是，当我们期待的花蕾不开，何妨去珍惜那已成荫的杨柳？有时候，上帝的安排，比我们自己想要的好。并且，上帝有上帝的道理。

泼辣的用处

子惠思我，褰裳涉溱。子不我思，岂无他人？狂童之狂也且[①]！

子惠思我，褰裳涉洧。子不我思，岂无他士？狂童之狂也且！

——《郑风·褰裳》

【注解】

① 溱：与下文"洧"，皆河流名。

【释文】

你要真心把我爱，挽起裤腿过河来。你若心中没有我，我还没有别人爱？狂妄小子呀你狂个啥！

泼辣是一种美，正如带刺的玫瑰。刺不影响它的美，却增加了接近它的难度，它提醒我们玫瑰不可以轻取，更不可以轻弃，一点亵玩的下流念头都会受到惩罚。这样，玫瑰的刺便成为一道门槛，把一些心术不正的人拦在门外。生活中，我们确实可以发现，泼辣的女子较少受到轻薄，无聊的打扰总是绕开她们。

对爱情而言，执着于一个对象，是一种美；通达一些，丢得开，放得下，也是一种美。本来爱情也就是无中生有的事，此"有"既可从此处生出来，也可从彼处生出来。"子不我思，岂无他人？"十步之内，必有芳草。所以，爱得专一，爱得痴迷，可以；爱得通达，爱得轻松，也可以。只是不能太轻狂，太轻忽对方，因为对方也并非非你不嫁，并非除此一家，别无分店，"爱情"在人间行走，投宿地多着哩！狂童你狂个啥！

顺便说一句，这"且"啊，也就是那个粗话，那话儿。我指出这一点，没别的意思，只是想让你明白，这个郑国的小姑娘，是何等泼辣！

邻家小妹我爱你

东门之墠，茹藘在阪。其室则迩，其人甚远^①。

东门之栗，有践家室。岂不尔思？子不我即^②！

——《郑风·东门之墠》

【注解】

① 墠（shàn）：平地。茹藘（rú lú）：即茜草，可做绛色染料。

② 践：排列成行。

【释文】

东门有地平坦，坡上茜草长满。你的房子很近，你的人儿很远。

东门处处栗树，树下整齐房屋。岂是我不想你？是你不把我就。

"有缘千里来相会，无缘对面不相逢。"这是民间俗语，却揭示出普遍真理，正如这首诗所写的这样：邻家小妹不爱我，家住得近又怎样？我们可以在阳台上看到她俏模俏样地摆姿态，可以在窗子后面看见她在室内娉娉婷婷款款行，或揽镜自照，无比自爱；但任我们看她千遍也不厌倦，偏她就是不看过来，我们已望穿秋水，她那秋波却从不对我们惊鸿一瞥。她只看镜中的自己。她就这样只管自爱、自珍，全不管我们千般相思万般爱。她就是这样近在眼前又远在天边，让我们看在眼里急在心头。她就这样成了我们的心病，成了我们的心痛。也许她是一边暗暗对我们放电，一边却又故意矜持，对我们不屑一顾？一种幸福似乎伸手可及，却又迟迟不能在握；一件美事似乎随时可能发生，却总是波澜不起。我们被置于幸与不幸的骑墙状态，置于幸福的边缘状态……

钟　情

　　出其东门，有女如云。虽则如云，匪我思存。缟衣綦巾，聊乐我员①。

　　出其闉阇，有女如荼。虽则如荼，匪我思且。缟衣茹藘，聊可与娱②。

——《郑风·出其东门》

【注解】

　　① 思存：即思念。缟衣：白色的衣服。綦巾：青巾，未嫁女子的服饰。员：语助，无义。

　　② 闉阇（yīn dū）：闉，瓮城；阇，瓮城的城门。茹藘：见《东门之墠》注。

【释文】

　　走出城东门，美女如云屯。虽然如云屯，没我意中人。白衣青巾那一位，才是我的心上人。

　　此诗所云，即人们常说的"钟情"，简化字的"钟"字，对应着繁体字的两个字："鐘"（古代乐器）和"鍾"（古代礼器，酒器，后又演化为量器），而"钟情"之"钟"乃"鍾"，盖酒器"大其下小其颈，自鍾倾之而入于尊（樽），自尊勺之而入于觯……引申之意为鍾聚"（《说文解字·段注》）。于是"钟情"之意，乃是感情凝聚于一个特定对象身上（杜甫《望岳》"造化钟神秀"之"钟"，亦为此意，即大自然把一切神奇秀丽都集中在泰山）。盖人自"知好色而慕少艾"起，先对所有异性有了兴趣，后逐渐将此种泛而薄的兴趣集中在一个人身上，专注而热烈，单一而强烈，便有了"寤寐求之"的行为。

"钟情"是人性的升华，它使动物性的"泛性滥交"升华为人性的对特定对象专注的爱欲，使得最烂漫洋溢的情感入于道德伦理的畛域之内。这种升华还体现在使性爱上升为情爱，使情欲上升为爱情，从而培植出特殊的人类的"性道德"。

我们可以设想一下，没有"钟"的情，会是什么样的情，这种泛滥成灾的"情"会给人类带来什么样的恶果。

还要略提一下的是，此诗中体现出来的对"德"的偏爱。按说"爱情"是更易为"色"引动的，但恒久而稳定的爱必须有"德"的约束，"有女如云""有女如荼"：这如云如荼，不仅状其众多，令人眼花缭乱，而且暗示其美艳，令人心旌摇动。即使她们美如彩云，她们美如鲜花，也不能动摇我专注的爱，我只爱那素面朝天衣着俭朴的我那一位。应该说，爱情中对品性的关注，显示出爱情观的成熟与理性。

突然苏醒的爱情

野有蔓草，零露洃兮。有美一人，清扬婉兮。邂逅相遇，适我愿兮^①。

野有蔓草，零露瀼瀼。有美一人，婉如清扬。邂逅相遇，与子偕臧^②。

——《郑风·野有蔓草》

【注解】

① 洃（tuán）：露水多。清扬：写眼睛之美。婉：媚。

② 瀼瀼（ráng）：露水浓。臧：女子。

【释文】

野外野草滋蔓，露水成珠圆圆。有位美丽人儿，眼波清亮流转。不期让我碰到，可真心花怒放。

露珠一样美好的姑娘，你会不会也是我漫长生命历程中短暂的露珠？我们生命如露，可我们爱情永恒——

一见钟情是生活中的意外，是我们情绪上的喜出望外。我们或许在懵懵懂懂中行色匆匆，可突然眼睛一亮，这个世界打开了一扇意外的窗子，我们逸出了生活的常轨。自此而后一切都变了，世界变了，生活变了。更重要的是，我们自己变了，变得多愁善感，柔情万种，好像我们一直深藏不露的情感就等这不期而遇的一刻⋯⋯

所以，一见钟情也是情感的突然苏醒。是久置的干柴突然着火，她只是从这儿偶然经过，裙摆轻轻一拂，火苗便腾腾窜起。我们实际上是自燃，她的到来只是带来了一丝助燃的微风。虽然"一见钟情"是并不经常发生的爱情事件，其结局却与其他种类的爱情事件一样：或两人一同燃烧成喜剧，或一人已烧成灰烬，而另一位却如清风，它扇起了火焰，自己却浑然不觉，飘向远方，她本无心，她本无意，她当然无需负责。"适我愿兮"，那是你自己的感受，别人管不着；"与子偕臧"，那得看别人愿不愿意。

拒 绝 怀 想

无田甫田，维莠骄骄。无思远人，劳心忉忉[①]。

无田甫田，维莠桀桀。无思远人，劳心怛怛[②]。

婉兮娈兮，总角丱兮。未几见兮，突而弁兮[③]！

——《齐风·甫田》

【注解】

① 无田甫田：第一个"田"，读如佃（diàn），耕种。甫田：大田。莠：杂草。忉（dāo）忉：忧劳的样子。

② 怛（dá）怛：悲伤。

③ 娈：美。丱（guàn）：古时小儿头上两边各梳一小辫上翘，像双角，称"总角"。丱，即像其形。弁（biàn）：冠。古时成年人戴冠。

【释文】

不要去种那大田，杂草疯长锄不了。不要想那远方人，心烦意乱不能消。

不要去种那大田，杂草疯长锄不了。不要想那远方人，满腹忧伤忘不了。

　　清清秀秀小娃子，梳着两个翘辫子。几天未见变了样，高高戴上了大帽子。

　　当李煜告诫自己"独自莫凭栏"时，要知道，他是不敢凭栏，因为他凭栏远眺时，会看到那已丢失的"无限江山"，且"别时容易见时难"——丢掉江山如此之易，而重新恢复，则绝无可能。"流水落花春去也"，何必再惹烦恼？当辛弃疾劝说自己"休去倚危栏"时，他已经是把栏杆拍遍，在"无人会，登临意"时，才出此悲伤欲绝愤怒不已之言。他曾"西北望长安"，可是看到的是已沦陷敌蹄之下的"可怜无数山"。"斜阳正在，烟柳断肠处"，这斜阳所在的西北方，那被胡人铁蹄蹂躏的大好河山，不可能使他赏心悦目，恰恰相反，只是对他"献愁供恨"。

　　这种表达法是很艺术的，它是此种情境下的正常心理现象：当对一个姑娘的牵挂只是让我们伤怀时，我们会拒绝怀想她。也就是说，我们拒绝怀想她，是因为我们太看重她，太舍不得她。与李煜、辛弃疾相同，此诗中这女子，在劝说我们"无思远人"时，她定是从思念远人中吃尽了苦头，她定是比我们任何人都思得苦、思得深、思得痴、思得执着与坚定。切切、怛怛、凄凄惨惨戚戚，这是一个过来人的经验之谈，甘苦之语，饱经生活的风霜。这更是一个苦情人的肺腑之言，充满感情的创伤。

屋檐下突然有了一个可人儿

东方之日兮，彼姝者子，在我室兮。在我室兮，履我即兮①。
东方之月兮，彼姝者子，在我闼兮。在我闼兮，履我发兮②。

——《齐风·东方之日》

【注解】

① 履：踩。即：迹，脚印。下文"发"，亦"脚印"之意。

② 闼（tà）：门内。

【释文】

东方太阳啊升在天，美丽妹子啊，家里来。她已在我家里头，
踩着我的脚印走！

东方月亮啊升在天，美丽姑娘啊，家里来。她已在我门里头，
踩着我的步子走！

自己的屋檐下突然有了一个可人儿，把自己当作依恋与依靠，
自己的生活中突然有了责任与温馨。自己平时好像并不是很努力，
也并没有什么成绩，但这一可人儿来了，自己的一举一动都因此有
了特别的意义。我们在被爱与依恋中，突然觉得自己很像那么一回

事，突然成了大人，成了一个有被需要的人，真是喜出望外，感觉好极了。也许我们一生的大事业就是娶进了这么一位可人儿。她就是我们的成就，她还将促使我们更有成就。

那个可人儿可能是对于新环境还有恐惧，更可能是对"我"无比依恋，竟紧紧跟着"我"，踩着"我"的脚印走。两个"在我室兮"的重复，写自己美人在抱的得意；而"履我即兮"，写那个可人儿的温柔与小鸟依人状，真可谓"不着一字，尽得风流"！生活中被人这样依恋，真是幸福无比。

这首短诗，写尽了女人的可爱与生活的美好，还写出了男人的骄傲与自得。这是男人在婚后第一天早晨的美好感受。

了解人心方能了解艺术

陟彼岵兮，瞻望父兮。父曰："嗟！予子行役，夙夜无已。上慎旃哉，犹来无止^①！"

陟彼屺兮，瞻望母兮。母曰："嗟！予季行役，夙夜无寐。上慎旃哉，犹来无弃^②！"

陟彼冈兮，瞻望兄兮。兄曰："嗟！予弟行役，夙夜必偕。上慎旃哉，犹来无死！"

——《魏风·陟岵》

【注解】

① 岵（hù）：草木茂盛的山。上慎旃：上通"尚"；旃（zhān），意同"之"，作助词。全句意为："还要谨慎小心啊！"犹：可。

② 屺（qǐ）：无草木的秃山。季：排行第四或最少者。弃：丢失，或抛弃。

【释文】

登上山冈，把父亲眺望。父亲一定在家念叨："唉，我儿服役在外，早晚不得休闲。他一定要谨慎小心啊，早日归来，不要在外滞留。"

　　"遥知兄弟登高处，遍插茱萸少一人。"（王维《九月九日忆山东兄弟》）离乡的人思念故乡亲人，往往设想故乡亲人如何讨论他、思念他。这首诗的作者登高望远，颇有"远望可以当归"之意。他登高瞻望"父、母、兄"，想象着他们如何在惦记他，念叨他，为他祈福，并盼他早日归乡，颇令人动情。一家人情感和睦，父母慈爱，兄弟友悌，这是一幅多么感人的天伦之爱图！此诗充满了伦理之美，使我们在远离老家时知道家庭对人的重要。

　　此诗还要引起我们注意的是，诗人在想念家庭成员时，想到的是父母和兄长，兄长的地位可见一斑。我们可以这样来一比喻，如果我们把太子称为"储君"，那么，兄长即是"储父"。兄长是父权的天然合法继承人，是未来的家长，故我们常"父兄"并称。"兄者，况也，况父法也"。（《白虎通义·三纲六纪》）。也就是说，兄可比之于父，兄是家庭的又一代表。

　　还要略提一提的是，明明是自己思念父母兄长，却不直说，反说是父母兄长在家乡惦记自己。这种手法颇为独特，后世如杜甫《月夜》不写在长安的自己思念鄜州的妻子，反写在鄜州的妻子思念流落长安的自己；李商隐《无题》（相见时难）之"晓镜但愁云鬓改，夜吟应觉月光寒"，都远绍此法。纪昀称杜甫此诗为"纯从对面着笔"的手法（《瀛奎律髓汇评》卷二十二），浦起龙《读杜心解》解释杜甫此诗为"心已驰神到彼，诗从对面飞来"。是的，诗从对面飞来，关键是"心已驰神到彼"。我总以为，很多我们深文周纳的所谓"艺术手法"，都不是"艺术"，更不是"手法"，而是"人生"，是"心法"。了解人心，即能了解艺术。

体制的因果

坎坎伐檀兮，置之河之干兮，河水清且涟猗。不稼不穑，胡取禾三百廛兮？不狩不猎，胡瞻尔庭有县貆兮？彼君子兮，不素餐兮[①]！

坎坎伐辐兮，置之河之侧兮，河水清且直猗。不稼不穑，胡取禾三百亿兮？不狩不猎，胡瞻尔庭有县特兮？彼君子兮，不素食兮[②]！

坎坎伐轮兮，置之河之漘兮，河水清且沦猗。不稼不穑，胡取禾三百囷兮？不狩不猎，胡瞻尔庭有县鹑兮？彼君子兮，不素飧兮！

——《魏风·伐檀》

【注解】

①坎坎：伐木声。干：岸。猗（yī）：犹"兮"。廛：音义皆同"缠"。三百廛即三百捆。貆（huán）：貉，似狐而小肥。素餐：不劳而食。素：白。

②亿：即束，与下文"囷"（qūn）义同。特：三岁以上的大兽。

【释文】

砍伐檀树声坎坎，把树放在河岸边，河水清澈泛涟漪。

你既不种也不收，凭啥千捆万捆往家搬？你既不狩也不猎，为啥你家梁上挂满鸟兽肉？那些大人先生们啊，可不是吃白饭的啊！

诗人"坎坎伐檀"，却伐出一肚皮的牢骚与不平。

这世界太奇怪，它的因果关系总让我们看不明白：按说粮食来自稼穑，野兽来自狩猎，这种因果关系单纯明了，且符合我们的道德判断。但现在，不稼不穑、不狩不猎的人却有粮食有兽肉，还有兽皮做衣服，吃得饱穿得暖，简直就是衣冠那个禽兽；而面朝黄土背朝天的人则常常衣不蔽体、食不果腹，这就让人对这个世界的公正性产生怀疑。凡事必有因，只看我们能不能找到这个隐藏的"因"，然后好去接受这个"果"，或者改变这个果。实际上，人类既有了社会组织，很多的体制，其目的就是制造超越简单因果关系的"因"，让一部分人因体制而获利，一部分人因体制而受损，以达到"让你吃不饱以便让我吃得好"的目的。这一点，那眼光很毒的老子早就看穿，他说"天之道，损有余而补不足；人之道则不然，损不足以奉有余"。这"人之道"，就是人间的社会体制。古今中外，概莫能外。

当体制的因果代替了原始简单的事实的"因果"后，诗人看不明白了。体制也许不能用道德与否来做简单判断。聪明人永远盯着体制，跟着体制，做一个聪明的搭车人，跟着体制勇往直前且前程似锦；糊涂人永远骂体制，批判体制。前者成为既得利益者，统治阶级一分子；后者成为思想家、文化批判者，异己分子。当然，更有可能的结果是，体制首先把这二者之一变成了有产者，另一变成了无产者。

关掉电脑回家

十亩之间兮，桑者闲闲兮。行！与子还兮。

十亩之外兮，桑者泄泄兮。行！与子逝兮①。

——《魏风·十亩之间》

【注解】

① 泄（yì）泄：闲散的样子。

【释文】

十亩桑地好开阔，采桑的人儿悠悠闲。走！我与你同把家回。

一块桑地十亩多，采桑的人儿好闲散。走！我要与你同逃离。

这首诗让我们想起王维的《渭川田家》，王维颇费铺叙之功，而此诗则以一桑者闲闲、泄泄，即已传达出一种归去来兮之意。十亩之间，视野开阔，凯风时来，良苗怀新。清新的空气，明媚的阳光，淳朴的风俗，悠闲的生活，无竞的环境，亲切而恬淡的人际关系，这一切构成了对人性永恒的诱惑力。

这首诗还可以和《邶风·式微》对照着读：

式微，式微，胡不归？

微君之故，胡为乎中露！

式微，式微，胡不归？

微君之躬，胡为乎泥中！

王维的《渭川田家》最后的句子即"怅然吟《式微》"，但是《式微》的作者，想"归"哪有那么容易：他是为"君"服务的人，弄得风餐露宿，拖泥带水，哪里有采桑者的自由？

王维在朝廷做着官，易于跟《式微》有同感。培根说居高位者是三重仆役，第一重即君主或国家的仆役（《论高位》）。既是仆役，哪能说不干就不干了呢？陶渊明有一天忽然发现，他简直快成了一个小小的督邮的仆役了，近乎奴才的奴才。他知耻近乎勇，于是高歌一曲"归去来兮，田园将芜，胡不归"，弃官归田了。田园将芜，哪里就构成了归隐的充分与必要条件了呢？他是怕心灵荒芜了吧！当我们在现代都市的三尺写字台前做仆役而失去耐心时（顺便说一句，现代都市白领也是三重仆役：金钱的仆役，老板的仆役，机器——主要是电脑的仆役），让我们深吸一口气，直达丹田，然后开始吟哦：十亩之间兮……

关掉电脑回家去，又怎地？

寻欢作乐是人生的大事业

蟋蟀在堂，岁聿其莫。今我不乐，日月其除。无已大康，职思其居。好乐无荒，良士瞿瞿[①]。

蟋蟀在堂，岁聿其逝。今我不乐，日月其迈。无已大康，职思其外。好乐无荒，良士蹶蹶[②]。

蟋蟀在堂，役车其休。今我不乐，日月其慆。无已大康，职思其忧。好乐无荒，良士休休[③]。

——《唐风·蟋蟀》

【注解】

① 聿（yù）：语气助词。除：消失了，过去了。大康：太过于安乐。瞿（jù）瞿：节俭，收敛，节制。职思其居：应当想着自己的职责。下文"职思其外"：应当想着职责之外的其他责任。职思其忧：应当在安逸时想着危难时，即"居安思危"意。

② 蹶蹶（guì）：勤勉敏捷的样子。

③ 休休：安休自得的样子。

【释文】

蟋蟀已进屋，一年已至暮。今日不作乐，时光转瞬过。

不要过分逸乐，时刻想着职责。作乐不荒正业，良士总能有节。

"作易者，其有忧患乎！"这是《周易·系辞》上的话。《诗经》不是一人一时之作，但也显然是满篇忧患与对俗世的关怀，显示出强烈的伦理情味。"未知生，焉知死"，这是孔子的注重生而忽视死的态度，在《诗经》中则可以用统计数字来说明。在现有的305首诗中，具有生命意识，或者说，能在死亡的背景下来考虑生命当下的价值与行为意义的诗歌，只有3首：《唐风·蟋蟀》《唐风·山有枢》和《秦风·车邻》。也就是说，比例不到1%。这固然可以极大地增加《诗经》的伦理道德意味与现世关怀，但却无疑减少了《诗经》对人生悲剧性体味的尖锐性与深刻性。很多人都批判诸如《古诗十九首》、李白诗歌中体现出来的生命意识以及由此而来的及时行乐思想。但是，假如没有这些在中国诗歌史上显然弥足珍贵的对生命短暂的体认与对及时行乐的歌颂，我们的文学史会是多么的乏味与令人困倦。好在，《诗经》中毕竟有了这样的诗歌，虽然数量偏少，并且浅尝辄止，但也聊胜于无。

我说这首诗讲"及时行乐"，只是浅尝辄止，是有根据的。当他说出"今我不乐，日月其除"（注意，这"乐"字，在这儿是动词，作乐、享乐的意思），好像是个大英雄，敢于一意孤行，冒天下之大不韪，但紧接着他的口气已转——"无已大康，职思其居。好乐无荒，良士瞿瞿"——可别过分安逸，本分也不能忘记，作乐而不荒废正业，好人永保警惕——这岂止是乐而不淫？这是对主流价值观的招安，是投诚。

我们知道，"及时行乐"的想法会永远受到十分正确但又十分乏味的道德批判和扼制，但它永远有诱惑力。它对于个体生命而言，简直是合乎逻辑的选择，虽然对于社会而言，在有些情况下，可能是有违道德的选择。"及时"即抓住此刻、当下的意思。"及"在甲骨文中为一只手抓住一个人的样子，是一个会意字，赶上抓住的意思。时间在飞逝，生命在流逝，属于我们的"时"转瞬即逝。"苦"是生命的常态，也是生活的常态，正如佛陀所说，生老病死哪一样不苦？"苦"是生命的"自在"，而"乐"是生命的"自为"，所以，必须"行"，必须"找"，必须"为"。李白说"烹羊宰牛且为乐"，你看，为乐前，还要烹羊宰牛的，费时费钱，费力费神。所以，我看到"寻欢作乐"这个词便心生大怜悯，须知在这苦难的世界上，寻欢不易，作乐更难。同时，我也心生大敬意，因为"寻欢作乐"是人生的大事业、大工程。能寻来欢、作出乐，而又不伤害别人，是大圆满人。如果能为全人类寻来欢、作出乐，那岂不就是佛陀、基督的境界？

美与善的结合

卢令令，其人美且仁①。

卢重环，其人美且鬈②。

卢重鋂，其人美且偲③。

——《齐风·卢令》

【注解】

① 卢：猎犬。令令：猎犬颈上的铃发出的声音。

② 重环：猎犬颈上的子母环。鬈（quán）：发好貌，引申为美好。

③ 鋂（méi）：一大环套两小环。偲（cāi）：多才。

【释文】

猎犬颈上铃铛响，那人英俊好心肠。

猎犬双环套颈上，那人英俊又美好。

猎犬颈上双铃响，那人英俊又能干。

这是对一个猎人的很朴实的赞美，却显示出一种文化内涵：美与善的结合。我们对于纯粹形式美的东西，一直怀着戒心。我们一定要在对其道德上的善有把握后，才会给予最后的评价：这人，不仅美，而且仁义，而且美好，而且有才，唯其如此，他才可以得到我们由衷的赞美。

就其仁义、才华、美好而言，我们实际上是在美之外，还要他"实用"。周人正是一个实用的民族。而我们则是他们的后代，不仅仅是血缘上的，而且是精神气质上的。

在 水 一 方

蒹葭苍苍，白露为霜。所谓伊人，在水一方。溯洄从之，道阻且长。溯游从之，宛在水中央①。

蒹葭凄凄，白露未晞。所谓伊人，在水之湄。溯洄从之，道阻且跻。溯游从之，宛在水中坻②。

蒹葭采采，白露未已。所谓伊人，在水之涘。溯洄从之，道阻且右。溯游从之，宛在水中沚③。

——《秦风·蒹葭》

【注解】

① 溯洄：逆流向上。溯游：顺流向下。二者皆指傍水从陆路走。

② 湄：岸边，水和草相接的地方。跻：登高。坻（chí）：水中小洲。

③ 涘：水边。右：道路曲折迂回。沚（zhǐ）：水中沙滩。

【释文】

芦花苍茫，白露成霜。我所追寻的人儿，在水一方。逆流向上追寻她，道路阻隔又漫长。顺流而下寻找她，她又恍在水中央。

有人说，这是写对一个可望而不可即的女子的追求。错了。这个女子，不是可望而不可即，此"伊人"也不是"在水一方"，而是根本就无此人。若有此人，她当有固定的居处，不致或此或彼；我们对她的追寻，也当有固定的方向，不致东跑西颠。

其实，这个"伊人"只是心中的影像，美丽但缥缈。我们从哪里望她？她只在我们心中隐现，她不在水的对岸，只在我们心灵的彼岸；她不在水的中央，而只在我们心的中央。我们从未见过她，但已对她无比熟悉；我们从未亲近过她，但已是如此爱她。她明明在我们心中，却又远在水中央；她明明从未出现过，甚至根本无此人，但她却实实在在在我们心中。我们追寻她，却道阻且长、且跻、且右，漫长、坎坷而又曲折。

要说明的是，此"道"，也不是道，而是我们追寻的过程，接近的方式；苍苍者，也不是芦苇，而是我们饱经风霜的心；凄凄者，也不是蒹葭，而是我们凄然而又惘然的心境。这是纯象征的境界，凄美、执着、迷惘、不舍。这种没有具体对象的追寻，是一种象征意义上的追寻，哲学化的追寻。我们每人的心中都有一个"伊人"的影子，曾经清晰，曾经重要，渐渐地模糊起来、淡化起来，以至于完全淹没于日常功利的追逐之中。我们就这样老了。

读这首诗，让人想起王洛宾的民歌：在那遥远的地方，有位好姑娘。是的，好姑娘似乎总是在遥远的地方，一如理想，一如希望。她们在遥远的地方召唤我们、引诱我们，使我们出门远行，奔向远方……

关心到死后

葛生蒙楚，蔹蔓于野。予美亡此，谁与？独处①！

葛生蒙棘，蔹蔓于域。予美亡此，谁与？独息！

角枕粲兮，锦衾烂兮。予美亡此，谁与？独旦②！

夏之日，冬之夜。百岁之后，归于其居。

冬之夜，夏之日。百岁之后，归于其室。

——《唐风·葛生》

【注解】

① 葛生蒙楚：葛藤生长覆盖了荆树。蒙：覆盖。楚：荆。蔹（liǎn）：亦为攀缘性植物。

② 角枕、锦衾：皆敛尸的物品，牛角枕和锦缎的被子。

【释文】

葛藤生长覆荆树，蔹草爬满山野。我爱已去谁陪伴？只他自个儿待！

天天都是酷暑的天，天天都是严冬的夜。只等百年熬过后，回到他身边。

汉语里面有很多好词，比如"关心"，让人一见怦然心动。关心关心，关于心，牵挂于心，心中之情，不能释怀。凡事一旦关于心，便是心事。心事心事，心中的事，往往也就是心病。心病岂易治，心事岂易了？俗话说，心病还须心药治，可心药还须心上觅。此诗的作者关心着她已死去的爱人，长歌当哭。她牵挂他独宿荒郊孤坟，无人陪伴；自己独生人间，无人提携，以至于把自己在世的时光看成了羁留与煎熬（夏之日，冬之夜，一酷暑，一苦寒。这是她对余生光阴的直觉感受），而把百岁之后的死亡看作是兑现承诺的日子，看作是两得圆满的日子，看作是久别重逢的日子。此情何堪？此病怎治？

我们常说《诗经》是"哀而不伤"的，但不要忘了，那往往指语言表达上的自制与含蓄。其实内心的情怀，往往不也这样五内俱损，不也这样痛彻骨髓？

注意她称呼她爱人的词："予美"，那么温柔、怜惜，如同揽之在怀，吻之在唇，抚之弄之，疼之惜之，珍之贵之。一点泪光，两汪秋水，只是再不能耳鬓厮磨，再不能肌肤相亲。任你柔情似水，怎奈佳期如梦？一抔黄土，阴阳阻隔，但那关心，却能穿透死亡的厚壁，直达黄泉。黄泉下有知，当更痛哭黄泉！

野蛮而强悍的精神

岂曰无衣？与子同袍。王于兴师，修我戈矛。与子同仇^①！

岂曰无衣？与子同泽。王于兴师，修我矛戟。与子偕作^②！

岂曰无衣？与子同裳。王于兴师，修我甲兵。与子偕行^③！

——《秦风·无衣》

【注解】

① 袍：披风，斗篷。

② 泽：内衣。

③ 裳：下衣，裤子。

【释文】

谁说你没衣？战袍共同披。国家要打仗，修好戈与矛，敌人共同杀。

谁说你没衣？内衣共同穿。国家要打仗，修好矛与戟，与你同出发。

谁说你没衣？裤子共同穿。国家要打仗，修好兵与甲，与你共向前。

这就是有名的成语"同仇敌忾"的一半——"同仇"的来源（另一半"敌忾"见《左传》）。这是一种极被国人推崇的精神状态，但我却对这种所谓精神心存戒惧。这是一种近乎迷狂的状态，是一种不大需要自主判断、只需看君王的脸色即可判断敌友的精神状态。

我发现，这种精神状态往往发生在敌强我弱时。显然，当我们的物质力量不足以抗敌时，便要用精神来弥补。而且，这种精神往往为文明状态较为落后的民族所特别推崇，秦在东周列国中就是最原始落后而野蛮的国家。盛唐强大而文明，盛唐对外战争也很频繁，但我发现盛唐人一点也不"同仇敌忾"。大诗人李白、杜甫、李颀等就反战而同情胡人，而对自己这一方好起边衅、穷兵黩武的将领则不以为然，如李白对哥舒翰就颇为不屑。

而这首《无衣》表达的是这样一种思维方式：凡是朋友的敌人，就是我们的敌人。甚至还不是朋友的敌人，而是王——是我们和我们朋友共同的王，这个王说：开始屠杀吧！我们便与朋友们组成了组装精密的大型杀人机器，汹涌向前，在我们身后，死人山积，流血漂橹，王师出征，寸草不生——周人灭商是这样，秦人灭六国也是这样，成吉思汗手下的蒙古骑兵哪个不是这样同仇敌忾的好汉？却也是人类历史上最残忍的屠夫！从秦王到他手下的虎贲，从成吉思汗到他麾下的骑兵，一群屠夫，除了杀戮，他们没有光荣；除了杀人，他们没有事业。我不喜欢"同仇敌忾"这个词，正如我不喜欢秦之虎贲、成吉思汗的敌骑。

肉体与精神的分居

於我乎！夏屋渠渠，今也每食无余。於嗟乎，不承权舆①！

於我乎！每食四簋，今也每食不饱。於嗟乎，不承权舆②！

——《秦风·权舆》

【注解】

① 於：音义皆同"呜"，叹词。夏屋：陈馐馔的俎案。渠渠：高大的样子。权舆：本指草木萌芽，引申为当初，起始。

② 簋（guǐ）：食器。

【释文】

呜呼！我啊，过去的食案高又大，如今上顿吃完没有下顿粮。唉呀呀！比起当初真的不一样！

呜呼！我啊，当初每顿饭菜四大样，如今落个顿顿不饱肠。唉呀呀！真的比不上当初样！

这是没落贵族的叹息。家道中落对人而言不仅是一种物质上的贫乏与缺欠，更是精神上的断粮。俗话说"从米箩里跳到糠箩里"，这一跳真让人跌足长叹。这首诗就是这样的长叹，且手之舞之，足之跌之。突然过一种以前不敢想象的贫寒生活，从洞房清宫一变而为茅屋柴扉，从钟鸣鼎食一变而为粗茶淡饭，从蛾眉皓齿一变而为粗服乱头，真正是忍无可忍，却又不能不忍。造化小儿，播弄人生，往往如此之酷。

对家道中落者而言，对过去的回忆成了他精神上的最大安慰，却又是最大的折磨，如同毒瘾：对它十分依赖，却又受其荼毒，难以戒绝而时时发作。唉，还真不如没有这样的过去。至少，没有了这样的对比，眼前的生活似乎还容易对付，因为缺少那样富足奢豪的经验，便也聊可减少此时贫乏的不平。

古人言："由俭入奢易，由奢入俭难。"难在哪里？难就难在，当我们实际生活水平已降低时，我们的精神却赖在高处不肯下就。此种肉体与精神的分居，乃是一大半苦痛的由来。实际上，没落贵族的实际生活，比之于真正的平民往往还是好得多，但平民可以沾沾自喜，自得其乐，而他们则落落寡欢，其心戚戚。盖平民的肉体所享与他们的精神所望，在同一水平上，精神没有下嫁的不平。而没落贵族的肉体所享虽比平民而显饶裕，但与他们的精神所望却颇有差距，故常有"老大嫁作商人妇"之慨。

享受一般生活

衡门之下，可以栖迟。泌之洋洋，可以乐饥①。

岂其食鱼，必河之鲂？岂其取妻，必齐之姜②？

岂其食鱼，必河之鲤？岂其取妻，必宋之子③？

——《陈风·衡门》

【注解】

① 衡门：一根横木做就的简陋的门。栖迟：生活，栖息。泌之洋洋：泌水洋洋而流。乐饥：乐而忘饥。

② 姜：齐君姜姓。

③ 子：宋君子姓。

【释文】

一根横木即为门，下面可以供栖息。泌水洋洋流不止，静观可以忘了饥。

谁说人们要吃鱼，定要吃黄河大鲂鱼？谁说人们要娶妻，定要娶齐国姜姓女？

"曾经沧海难为水，除却巫山不是云"（元稹《离思诗五首》

241

其四），是写一种坚持，对一种标准的坚持，是自居高贵而不肯降身屈志、自视甚高而不肯降格以求的坚持。同时，也是一种心理的标高。

以"曾经"的标准来要求"未经"，可能有两个结果。好的结果是，它保证了标准的不降低，使我们的生活与道德、审美等都能保持在一个较高的水平上。不好的结果便是，由于"曾经"的标准过高，尤其是曾经的一切在我们感情上的认同度太高，往往使得我们难以为继，或对后来者产生情感上的拒斥。一旦出现这种情况，这种坚持便演变为一种精神上的崇高，甚至仅仅是清高。它是精神的悬空，从而阻碍了我们享受一般的生活。俗语说的"死要面子活受罪"指的就是这种精神心理状态。"高不成，低不就"，则是在这种精神心理作用下的日常行为状态：向高处靠，力不从心；向下迁就，心不从力。人就这么被倒悬在半空中，卡在夹缝中，不上不下，却又两头不合群，两处受排挤。

所以，为人处世，迁就一些，开通一些，洒脱一些，淡然一些，也不失为美德。为什么吃鱼一定要黄河产的大鲂鲤，娶妻一定要齐宋高门大户女？小溪亦有好鱼虾，小家碧玉可能更温柔。这首诗可与上一首《秦风·权舆》对看。一味地沉湎在《秦风·权舆》的哀鸣中，不如像这样走下台阶。当然，在这旷达迁就里面，也还可以看出他心里的深深遗憾与无奈，这就是我们常说的诗的言外之味。

"泡"出来的感情

东门之池，可以沤麻^①。彼美淑姬，可与晤歌。

东门之池，可以沤纻^②。彼美淑姬，可与晤语。

东门之池，可以沤菅^③。彼美淑姬，可与晤言。

——《陈风·东门之池》

【注解】

① 池：护城河。麻：可做绳、织布。

② 纻（zhù）：即苎麻。可织布、做绳。

③ 菅（jiān）：菅草，其叶可以做绳。

【释文】

东门护城河，可以泡大麻。美丽贤德好姑娘，可以同唱歌。

东门护城河，可以泡苎麻。美丽贤德好姑娘，可说心里话。

东门护城河，可以泡菅草。美丽贤德好姑娘，可以诉衷肠。

　　一个女子，如果让我们觉得可以和她一同歌唱，可以向她倾诉衷肠，促膝谈心——谈谈我们的心，我们这颗心也就钟情于她了。这个女子，也就可以成为我们生活的伴侣了。其实呢，如果我们在一起时唱歌、谈心、诉衷肠，她已经在不知不觉中成了我们生活的伴侣，只是还缺少一个婚姻的形式罢了。

爱情有时来如闪电，我们的感觉就如同被电击（现今小男生、小女生谓之放电）；有时则如微风细雨，润物无声，但不知不觉中，蓦然发现，我们已经习惯于在一起，无论晨昏，无论忙闲，身边已习惯于有对方存在。并且对于生活我们已习惯于一同面对，我们已在一起唱了很多歌，谈了很多心，说过无数体己的话题，突然我们停下来，望着对方——我们在瞬间意识到：我们相爱了。我们互相不能分开了。

此诗的比兴手法值得一提。它是用"沤麻""沤苧""沤菅"来比喻一个男人与一个女人慢慢"泡"出来的感情。我的译文就用了"泡"字，那就是市面上小男生嘴上常说的"泡妞"之"泡"。我倒是真希望他们多一点"泡泡"，少一些"一夜情"。"飘风不终朝，骤雨不终日"，闪电式的爱往往有强度无韧度，而这样慢慢煨出来的爱情之汤，味道才醇厚绵长。这种爱情可能不是激情，但却是深情，且深不可测。

天堂的三个元素

月出皎兮，佼人僚兮。舒窈纠兮，劳心悄兮^①。

月出皓兮，佼人懰兮。舒忧受兮，劳心慅兮^②。

月出照兮，佼人燎兮。舒夭绍兮，劳心惨兮^③。

——《陈风·月出》

【注解】

① 佼人：美人，丽人，娇美之人。僚（liáo）：与下文"懰（liǔ）""燎"，都是指美好的样子。舒：从容悠闲。窈纠（yǎo jiǎo）：与下文"忧（yǒu）受""夭绍"，都是形容女子行动时的身段美。劳心：心动的样子。悄："悄然而悲"之"悄"，忧愁。

② 慅（cǎo）：忧愁。

③ 惨（cǎo）：忧愁。

【释文】

月亮出来明晃晃啊，那个美人真漂亮啊。步履款款身苗条啊，我的心儿扑扑跳啊。

这是《诗经》中最美的诗。假如那个谢太傅问我，《诗经》中哪一篇最美，我一定回答说这一篇。

我们的内心本来是平静的，为什么突然变得伤感？因为，在平常、平静与不经意间，我们突然被不期而遇的美灼伤。我们可能只是无意中向窗外的月夜一瞥，却看见了如此美丽的一幕。美，尤其是令我们心跳的美，总是让我们意识到自己的卑微、自己的局限、自己的无奈。实际上，美是一种没有峭壁的高度，她不压迫我们，但仍让我们仰望；她温暖、柔和，并不刺戳我们，但我们仍然受伤；她如此接近我们，却又如此远离我们；她如此垂顾我们，却又如此弃绝我们。这个美丽的女子，她只是月夜的一部分，或者说，月夜是她的一部分，她与月已经构成了圆满，我们已无缘得预其间；但她如皎月泻辉般辐射出来的美，还是灼伤了我们的心。我们的这颗心，最不能承受的，就是美。这澄澈圆融的境界里，我们能介入其中的，不，能奉献与之的，也只是这颗怦怦的心……

明月、美人和我们的心，是这首诗的三个主要意象。抓住这三个意象，抓住的就不仅是这首诗，而是整个意境、整个世界。——自然、美人和我们，天堂也只要这三个元素就够了。

"喝酒"与"喝彩"的关系

呦呦鹿鸣，食野之苹。我有嘉宾，鼓瑟吹笙。吹笙鼓簧，承筐是将。人之好我，示我周行①。

呦呦鹿鸣，食野之蒿。我有嘉宾，德音孔昭。视民不恌，君子是则是效。我有旨酒，嘉宾式燕以敖②。

呦呦鹿鸣，食野之芩。我有嘉宾，鼓瑟鼓琴。鼓瑟鼓琴，和乐且湛。我有旨酒，以燕乐嘉宾之心③。

——《鹿鸣之什·鹿鸣》

【注解】

① 承筐是将：古人用筐盛币、帛赠宾客。承：奉。将：送。示我周行：指示我为人的正途。周行：大道，正道。

② 恌（tiāo）：即佻，轻薄。式：发语词。燕：同宴。敖：游乐。

③ 湛（dān）："媅"的借字。沉醉其中，尽兴。

【释文】

野鹿呦呦呼伴来，共食艾蒿在野外。我有众多好宾客，鼓瑟吹笙邀他来。

247

又是吹笙又鼓簧，奉上币帛一大筐。他们对我真正好，时常指我走正道。

好东西只有和好朋友共享，才叫作好东西。譬如一顿饭，有好酒菜，不如有好朋友——就是说，我们吃得香不香，主要不是看饭菜好不好，而是看和谁一同吃。子路说得好："愿车马衣轻裘与朋友共，敝之而无憾。"他知道，假如我们买了一部好车，却没有朋友来与你一同兜风，并得到他们的称赞，好车不会给我们好心情。《诗经》中还有多处与人共衣的话，可见那时代，好衣服也可以互相借着穿，大家一起风光。假如你有一件自以为不错的好衣服，朋友来借穿，那是对你衣服的褒奖与肯定。子路是跟老师孔子学《诗经》的，深受影响。

本来，如果我们明白，成功时必须有人喝彩，那我们在构筑成功大厦时，必须预留下为我们喝彩的人，那就是朋友啊。"成就"（名词）只有在受到祝贺时才会真正"成就"（动词），朋友的祝贺是成功的最后一道工序，是落成后的剪彩，是画龙后的点睛。但只有在"我有旨酒"时，想到朋友，请他们与自己一同"喝酒"，在我们成功时，才有人为我们"喝彩"。"喝酒"与"喝彩"的关系就是这样。同样，若是我们在事业有成时，张皇四顾，却没了朋友，那叫作"功亏一篑"。"樽中酒不空"时，若无"座中客常满"，那是什么滋味？独酌无相亲，即便是在花前月下，又岂能有如好花如圆月的好心情？所以，李白要邀月同饮，还把自己的影子也算上——以便"对影成三人"，那时他落魄了，落魄到没了朋友。他从长安下野时，并不为难，等到发现没了朋友，他意识到真正的人生危机来了。一个篱笆三个桩，一个好汉三个帮。一个人成了孤家寡人，弄得"亲戚畔之"，那也离身败名裂不远了。连鹿这种牲畜也懂得这个道理，它在野外觅到了爱吃的艾蒿，也会呦呦而鸣，召唤同类共享，更何况是人？

同情心证明人性

庶见素冠兮，棘人栾栾兮，劳心慱慱兮[①]。

庶见素衣兮，我心伤悲兮，聊与子同归兮。

庶见素韠兮，我心蕴结兮，聊与子如一兮[②]。

——《桧风·素冠》

【注解】

① 棘人：瘦人。栾（luán）栾：清瘦的样子。慱（tuán）慱：忧心的样子。

② 韠（bì）：护膝。上朝下跪时的蔽膝。

【释文】

我见他戴着白帽帽啊，瘦瘦单单真憔悴啊，我的心儿快碎了。

我见他穿着白色衣啊，我的心儿真伤悲啊，让我陪你一同归啊。

我见他穿着白护膝啊，我的心儿好郁结啊，让我陪你一同悲啊。

孟子曾说人有可贵的、与生俱来的四端——实际是四心：恻隐之心，羞恶之心，辞让之心，是非之心。他说这是仁义礼智的苗头（端，始也）。但我以为，这四端中后三种都得自后天的培养，且随着环境的变化与自身的变化而变化。比如，小孩就不会因馋嘴与光屁股而羞恶，但随着他长大，他就要遮起他的屁股，也掩饰起贪馋之态。只有恻隐之心可能真是起自人的自然本性，同情心即恻隐之心的一个表现。

有些人天然富于同情心，孔子就是这样。"子食于有丧者之侧，未尝饱也。"看到别人家有丧事，他就吃不饱饭；"子于是日哭，则不歌"，他如果今日去吊过丧，就不会再唱歌，他是沉浸到那一种悲伤的氛围中了，难以解脱；同时，今日不歌，也是表示对别人悲伤的尊重与同情。读这首《素冠》也让我们感动，诗人看见别人戴着丧帽，瘦瘦单单，他的心情便忧伤不已；看到别人穿着丧服，心中就悲哀得如同自己身遭不幸，要与他同受苦难。敏感而脆弱的心灵，固然显示出人类的不够坚强，但不能否认，心灵越敏感，对痛苦与不幸的感受灵敏度也就越高，它有利于提高我们对造成痛苦与不幸的伤害之警惕。如果"敏感"的反义词是"麻木"，那么，显然我们需要心灵永远对外来的伤害——比如不义、不人道等——保持足够的敏感而不能麻木。因为痛苦感是道德感的天然尺度。那种在痛苦面前、不幸面前一触即发的痛感与同情心，对一切不幸与痛苦的敏感程度与反抗程度等等，是人格高低的天然尺度。一句话，同情心是人性高贵的最有力的证明。

不同的老法

狼跋其胡，载疐其尾。公孙硕肤，赤舄几几[①]。

狼疐其尾，载跋其胡。公孙硕肤，德音不瑕[②]。

——《豳风·狼跋》

【注解】

① 跋：踩。胡：兽类颔下垂肉。载：再，又。疐（zhì）：踩，同"踬"。公孙：公侯子孙，此指豳公的后代（此诗属"豳风"）。硕肤：大肚子。舄（xì）：鞋。几几：鞋形弯曲的样子。

② 瑕：玉上的斑点。喻缺点，污点。

【释文】

老狼前行踩着胡，赶紧后退又踩尾。公孙心宽且体胖呀！他的红鞋翘翘尖。

老狼后退踩了尾，赶紧前行又踩胡。公孙心宽且体胖呀，他的名声无污点。

一个人，若为人宽厚不苛刻，处事从容不急迫，较少狭隘，较多宽容，到他老了时，便多了一份可爱与可亲近；他的龙钟老态引起我们的，不是同情，不是怜悯，更不是讥讽嘲笑，而是善意的玩笑，好像他在用他的老态来逗我们玩。我们在开心之余，谁还意识到这是一个垂暮的老者？

　　这首诗描写老狼的老态的句子，后来被压缩为一个成语：跋前疐后（亦作跋前踬后，疐、踬义同），形容的是人生中的一种尴尬，一种进退失据的窘况。用作自嘲与幽默，很可发人一噱，让人轻松地蔑视那些人生的障碍、人为的掣肘。但若是苦着脸说这个词，就只剩下无奈、无助和消沉。（我们该记住，韩愈在《进学解》中把《诗经》中的这首诗压缩成这个词时，就是用作自嘲的。）一个词，有两种读法，不同的心境与语调会为它带来不同的意义，这样的词不会多，但这个词就是一个。

　　所以，老，也有不同的老法，就看我们一生的修行与临老的心态。

老于世故者的肺腑之言

伐柯如何？匪斧不克。取妻如何？匪媒不得^①。

伐柯伐柯，其则不远。我觏之子，笾豆有践^②。

——《豳风·伐柯》

【注解】

① 柯：斧柄。

② 觏（gòu）：遇见。笾（biān）：礼仪活动中盛果品的竹器。

豆：礼仪活动中盛肉的器皿。践：排列成行。

【释文】

如何去砍那斧柄？没有斧子不可能。娶妻应该怎么办？没有媒
人可不行。

砍斧柄啊砍斧柄，它的样式在近旁。我遇到的这女子，笾啊豆
的排成行。

连砍一把斧柄也都要遵守法则，否则就会"方凿圆柄"，格格
不入，何况配偶一对男女？现在人读这首诗，往往批评这是封建礼
教，是买卖婚姻，真是迂腐不通之论。要知道，"父母之命，媒妁

之言"，对今人而言，固是一种落伍的习俗，但对于比它更早的
"男女相从，奔者不禁"的私奔式婚姻而言，则无疑是一种历史的
进步。其进步意义至少有两点：其一，使婚姻这一关系到人类种族
的延续和社会组织有序与否的大事被纳入可管理的轨道上，并在很
大程度上制止了性混乱，防止了与此相关的可能的道德危机与组织
危机，这是人类文明发展过程中必然的、重要的、伟大的一环。其
二，保护了女性。私奔式婚姻对女性的危害是不言而喻的，女性在
这种纯个人行为的婚姻制度中得不到社会的保护。因为既然社会在
这种事上"无权过问"——无论是男女结合，还是男女离异——那
么，社会当然也就没有道德义务来为婚变负责，并保护作为弱者的
女子一方。所以，我们应该注意到，在漫长的封建社会里，正是女
子而不是男子，更需要"明媒正娶""八抬大轿"，这不仅是她的
光荣、尊严，更是她日后的保障。因为既然"父母"此前有了
"命"，媒妁此前有了"言"，那他们也就得承担起此后的责任。

　　所以，我们可能片面地看到了封建礼教对女性压迫与约束的一
面，却没有注意到其对女性保护的一面。白居易自注"止淫奔也"
的诗《井底引银瓶》就写了这样一出大胆的自由恋爱导致的悲剧：

> 妾弄青梅凭短墙，君骑白马傍垂杨。
> 墙头马上遥相顾，一见知君即断肠。
> 知君断肠共君语，君指南山松柏树。
> 感君松柏化为心，暗合双鬟逐君去。
> 到君家舍五六年，君家大人频有言。

聘则为妻奔是妾，不堪主祀奉蘋蘩。

终知君家不可住，其奈出门无去处。

岂无父母在高堂，亦有亲情满故乡。

潜来更不通消息，今日悲羞归不得。

为君一日恩，误妾百年身。

寄言痴小人家女，慎勿将身轻许人。

当她的婚姻出于自主（实即私奔——"潜来"），而父母亲戚都不与闻知时，也就得不到他们的保护。没有相应的制度，好事会变成坏事，或者说，任何一种文明，都必须与社会发展的特定阶段相适应。白居易对"痴小人家女"的劝诫，看似迂腐，却是老于世故者的肺腑之言。此诗亦然。

瞬 间 可 爱

东门之杨，其叶牂牂。昏以为期，明星煌煌^①。

东门之杨，其叶肺肺。昏以为期，明星晢晢^②。

——《陈风·东门之杨》

【注解】

① 牂（zāng）牂：风吹树叶的响声。

② 肺（pèi）肺：同牂牂。晢（zhé）晢：同煌煌，明亮的样子。

【释文】

东门白杨树，风吹叶子沙沙响。我俩约在黄昏后，明星闪闪亮。

在很大程度上，环境就是心境。这既是说好的环境给我们好的心情，更是说有了好的心情，我们眼中的环境也会可爱起来。你看，在这首诗里，因为有一个美丽的姑娘与他晚上约会，在他眼里，这个夜晚就变得如此美丽，连天上的星星也比以前更明亮，东门外的白杨树啊，树叶沙沙响。真的，因为我们爱一个人，我们就爱了这个世界；因为这世界有了一个可爱的人，这世界就可爱了。我们的心灵就这样容易被美与爱所左右。可是，能被美与爱所左右的心，与已被美与爱所左右的心，是多么可爱的美丽的心啊。

《诗经》里面，大都是短诗，《国风》中的诗更是短，像这一首，也就 32 个字，考虑到它特殊的重章的形式，实际上也就 16 个字，但短而有味，耐咀嚼。它是远古时期，某一个特定的人，在某一特定的环境、特定时间中瞬间心情的留存。就这 32 个字，使那一瞬间的闪闪发亮的星星、沙沙作响的树叶与幸福愉快的心情，变成了永恒。

夜 未 央

夜如何其？夜未央，庭燎之光。君子至止，鸾声将将^①。

夜如何其？夜未艾，庭燎晣晣。君子至止，鸾声哕哕^②。

夜如何其？夜乡晨，庭燎有辉。君子至止，言观其旂^③。

——《彤弓之什·庭燎》

【注解】

① 庭燎：庭中用以照明的火炬或大烛。将将：与下文哕
（huì）哕，都指有节奏的鸾铃声。

② 晣（zhé）晣：光明。

③ 乡晨：夜已到了早晨。乡，向。

【释文】

今夜到了啥辰光？夜未过半莫慌张，庭中火炬已点亮。各位君
子已上朝，马上鸾铃响叮当。

这世界，总有人宵衣旰食、夜以继日地勤于工作，也总有人秉
烛夜游，足日足夜地享乐。昼短苦夜长，本来夜是上帝让我们休息
的，我们的祖先也是这样按照自然规律来安排自己的生活节奏的，

日出而作，日落而息。这日与夜本无所谓长短，但当我们的工作不能在日落之前完工，便要拖入夜间，加夜班，日已落而不息；或者早起赶活，日未出而先作。或者，我们寻欢作乐的兴致至夜不减，便要秉烛夜游。这夜，就这样被人们侵占，所以，现代的人有一个词，叫"夜生活"，考究其本意，则夜里应该睡觉，而睡觉是不能叫生活的。我故乡有句话，骂偷懒睡觉的人叫"挺尸"，那意思是，睡觉了，无知无觉，不闻不问，与死亡差不离，不生也不活。现在好了，夜里也可以生活了。或加班加点地挣钱，或不息不休地花钱，一曰工作，一曰消费，都向这夜扩张，这夜到底多长呢？我们已经把夜侵占了多少呢？于是我们问："夜如何其？"有一个声音在回答："夜未央。"多美好的夜啊！它有道德伦理之美，当我们工作时；它有生活享乐之美，当我们消费时。只要我们的身体吃得消，只要我们有工作的兴趣和享乐的愿望，我们永远可以回答：夜未央。"夜未央"时，也就是我们的生命未央。夜之长短，不在时间，而在我们的身体和心灵。

　　未央的，是我们的生命，未央的夜是美的，未央的生命更美。

后 记

本书多年前以《附庸风雅》为名，由重庆出版社出版，署名是我和王骁。出版后颇受读者欢迎，不是我们学问好，恰恰相反，可能正因为我们拒绝从学问的角度进入《诗经》，拒绝学术化的语言，所以获得了厌倦知识化、学术化表达的普通读者的欢迎。我们知道，绝大多数读者读《诗经》，不是为了学习知识，而是为了那份心灵的感动。我们自己也厌倦学术化语言的冷漠、矜持，以复述知识装模作样地掩盖感受力的贫乏和表达力的欠缺。我们希望还《诗经》本来的那种随和、亲民的面目，以及它最初的激情和深情，这份情绪几千年来一直感动着我们民族。

这本书后来又在黄山书社、福建教育出版社再版，署名仍然是我和王骁。这次列入鲍鹏山讲国学系列，按照出版社的要求，只好改为我独立创作。为此，把王骁写的部分作以下处理：原第一章属于《诗经》知识性介绍，当时我时间紧张，便安排学生王骁代为撰述，然后由我修改并统稿，这次我作了再次修改，主要保留了当时我改定的部分（如关于赋比兴的部分）以及客观知识性的部分。原第二章之《约会》《酒经》《骂经》《女友》《美人如玉》《伤逝》当时由我定题，王骁撰写，然后我再统稿修订，这次保留了《约会》《酒经》《骂经》三篇，并作了修改，而《女友》《美人如玉》《伤逝》三篇则删去。这样的处理，只是作为"鲍鹏山讲国学系列"的权宜之计，原著单独出版时，将仍然保持原貌，并保持我和王骁的共同署名。

鲍鹏山

2020 年 8 月 31 日